DES CONDITIONS

DE LA

BONNE COMÉDIE

PAR

KARL HILLEBRAND

DOCTEUR ÈS LETTRES

RÉPONSE

à la question posée par l'Académie de Bordeaux :

« Quels étaient l'état des mœurs et la disposition des esprits
aux époques ou brilla la bonne comédie? — Des éléments
analogues existent-ils aujourd'hui en France?

MÉMOIRE COURONNÉ.

« (Playing's) end, both at the first and now,
was and is, to hold, as't were, the mirrour uy
to nature, to show... the very age and bodp
of the time, his forme and pressure. »

SHAKESPEARE.

PARIS

AUGUSTE DURAND, LIBRAIRE ÉDITEUR

7, RUE DES GRÈS-SORBONNE, 7

1863

DES CONDITIONS

DE LA

BONNE COMÉDIE

AVANT-PROPOS

Le travail que l'on va lire porte visiblement les traces des circonstances dans lesquelles il a été composé et écrit. L'auteur a eu connaissance de la question posée par l'Académie de Bordeaux deux mois seulement avant le terme fixé pour le Concours; et c'est pendant un voyage à l'étranger qu'il a commencé et terminé son Mémoire, privé, le plus souvent, des livres qui lui auraient permis de donner plus de précision à ses citations et à ses rapprochements.

L'Académie de Bordeaux, dans sa bienveillance, semble avoir pressenti ces circonstances défavorables, et, sans tenir compte des négligences trop évidentes de la forme, elle a daigné couronner ce Mémoire. Cette approbation ne peut évidemment s'appliquer qu'à l'esprit qui a dicté l'ouvrage; c'est la seule à laquelle l'auteur pouvait prétendre, et, en la demandant aujourd'hui au public, il espère trouver chez ses lecteurs un peu de cette indulgence que l'Académie de Bordeaux a bien voulu ne pas lui refuser.

K. H.

Paris, 15 juin 1863.

TABLE DES MATIÈRES.

DES CONDITIONS

DE LA

BONNE COMÉDIE

———

I

De l'influence des circonstances extérieures sur les divers genres de poésie ;
et sur la comédie en particulier.

Le siècle dernier, absolu et abstrait en critique littéraire,
ainsi qu'en philosophie et en politique, se plaisait à considérer
l'esprit humain comme une puissance indépendante des
circonstances extérieures, libre des influences historiques,
égale à elle-même à travers les temps. Il lui semblait possible
et juste de créer des États ou de rédiger des Constitutions
d'après les exigences de la raison seule, c'est à dire en
s'appuyant sur des théories abstraites, sans tenir compte des
relations avec le passé. Il lui paraissait désirable de faire table

rase des données historiques et d'édifier à nouveau, disposant ainsi de l'humanité comme d'une matière indifférente, susceptible de toutes les combinaisons auxquelles il plairait à la souveraine raison de la soumettre.

De même qu'il croyait posséder une formule infaillible pour assurer le bonheur et la liberté du genre humain et pour produire des sociétés politiques irréprochables, il en avait d'autres pour la composition des chefs-d'œuvre littéraires. Sa foi dans l'efficacité absolue de ces formules allait jusqu'à lui persuader qu'à tout moment le génie poétique, en se soumettant aveuglément à de certaines règles, pourrait reproduire une *Iliade* ou une *Antigone,* et Voltaire écrivait la *Henriade* et *Sémiramis.*

Cette manière de voir, qui est au fond de toute l'activité intellectuelle du siècle dernier, qui en est la force, puisqu'elle en a fait l'apôtre du rationalisme, et qui en est la faiblesse, car elle a frappé d'impuissance presque toutes ces créations, — cette manière de voir, ou, pour mieux dire, cet abus d'un principe qui n'était pas absolument erroné, a été, comme on devait s'y attendre, suivie d'une réaction, exagérée comme toutes les réactions. Le XIXe siècle aime à faire de l'homme un jouet, de l'esprit humain un instrument de puissances supérieures, appelées *providence* ou *hasard,* idées dominantes ou concours de circonstances, selon le programme des partis. Il semble s'être donné la mission spéciale de rechercher combien, dans les créations de l'homme, revient aux conditions générales, aux influences extérieures, à l'action de la tradition. Pour lui, Moïse et Lycurgue ont cessé d'être des législateurs tirant de leur pensée individuelle des systèmes politiques complets : devenus à ses yeux les organes de deux nations, ils ne font que résumer et codifier l'ensemble des mœurs et de l'esprit, des traditions et des usages de ces nations. La personnalité d'Homère et de Valmiki fait place au génie collectif du peuple grec et de la race indienne. Même dans les temps moins reculés, où il serait difficile de contester l'existence personnelle des hommes supérieurs et leur action individuelle, soit dans les institutions politiques, soit dans les œuvres littéraires, on cherche à expliquer les hommes de génie par leur temps et par leur nationalité : on fait d'eux la résultante d'une combinaison donnée de circonstances.

Si la raison humaine, dans son orgueil outrecuidant, allait naguère jusqu'à affirmer sa liberté absolue et illimitée, aujourd'hui, déçue et désillusionnée, elle va, dans son humilité, jusqu'à la négation de son indépendance et de son droit. Le système, presque géométrique, du siècle dernier, qui dispose des forces vivantes, compliquées, nuancées à l'infini, telles que la société humaine ou l'art, comme de chiffres immuables et neutres, et le système crypto-matérialiste de nos jours qui réduit tous les phénomènes de l'esprit à des produits nécessaires de forces incalculables, à des conséquences inévitables des circonstances politiques, géographiques, climatériques, physiologiques même, — ces deux systèmes mènent à des excès également dangereux. La vérité, ici comme partout ailleurs, est dans le milieu. L'esprit humain n'est ni absolument libre, ni absolument sujet. Quant à la forme dont il se revêt, il ne saurait se soustraire à l'influence de son milieu, mais il ne faut chercher qu'en lui-même la source de sa force créatrice.

J'ai cru devoir faire précéder l'étude suivante de ces observations. Elles permettront de juger, dès l'abord, le point de vue auquel je me placerai, et j'aurai lieu de les rappeler à la conclusion de mon travail, parce qu'elles contiennent le résultat de mes recherches.

Qu'on me permette cependant une explication. Le principe que je viens de poser à la fois comme point de départ et comme résultat de mes considérations esthétiques et histo·

riques, et d'après lequel, si la forme poétique subit l'influence
des circonstances de temps et de lieu, le génie du poëte ne
relève que de lui-même, ce principe me paraît vrai absolument; mais l'un ou l'autre élément dont il se compose peut
prévaloir plus ou moins, selon la nature du genre que le
génie cultive. L'action de la civilisation générale sera déter-
minante sur les genres dont l'élément vital est la publicité;
l'individualité prédominera dans les genres essentiellement
personnels, et si je suis convaincu que les chansons d'Anacréon
et les odes d'Horace pourraient parfaitement être écrites de
nos jours, je crois que les *Chevaliers* ou les *Nuées* n'ont pu
être composés qu'au milieu des circonstances où ils ont vu
le jour. Nulle part, ce me semble, l'influence des circonstances
et de l'état social n'est aussi sensible que dans la Comédie.

En effet, il n'est pas de genre littéraire qui ait affecté des
formes plus variées que le drame en général et que la comédie
en particulier. On en comprend aisément la raison. Plus
qu'aucun autre genre, la comédie prend ses racines dans la
vie nationale du peuple auquel elle appartient; plus que toute
autre œuvre poétique, elle s'inspire et se nourrit d'actualités;
elle s'adresse plus directement que toute autre forme de poésie
à cette majorité du public qui représente l'opinion et l'esprit
d'un temps.

La poésie épique, elle aussi, est l'expression de la vie
nationale. Mais, tandis que nous rencontrons la comédie tantôt
aux époques de maturité, tantôt aux époques de décadence
imminente, l'épopée, celle du moins qui mérite réellement
ce nom, ne voit le jour qu'à une seule époque, identique
ou analogue chez les divers peuples. De là, sans doute, cette
ressemblance de ton qui rappelle celle que l'on découvre
entre des individus d'une même génération, quels que soient,
d'ailleurs, leur nationalité ou leur caractère personnel. De plus,
cette époque où se forment les poëmes épiques est un âge pres-

que primitif, dont la vie, encore peu compliquée et peu raffinée, offre moins de causes de dissemblances chez les différentes nations que les périodes d'une civilisation plus avancée. Le *Ramayana* et le *Mahabaratâ*, l'*Iliade* et l'*Odyssée*, le *Poëma del Cid* et la *Chanson de Roland*, les *Nibelungen* et l'*Edda*, appartiennent tous à l'âge héroïque; ils doivent leur naissance à des circonstances presque identiques, et se sont produits dans des conditions d'existence à peu près semblables. Combat de deux grandes races et antagonisme de deux religions; aristocratie guerrière et populaire; simplicité de mœurs et naissance des arts; intensité de sentiment religieux et identification de ce sentiment avec le patriotisme; absence, enfin, de littérature savante et de réflexion abstraite ou spéculative, — voilà les traits caractéristiques et invariables de l'âge héroïque de toutes les nations. Il n'est pas étonnant qu'avec cette analogie de conditions, le poëme épique se ressemble partout, sinon par sa perfection, au moins par son caractère fondamental, alors même qu'il porte le cachet frappant de la nationalité dont il célèbre les héroïques débuts.

Il n'en est pas ainsi de la comédie. Elle a fleuri aux époques les plus diverses, et les conditions extérieures au milieu desquelles elle a été cultivée par les différentes nations, n'ont aucune ressemblance entre elles. La comédie de Ménandre est le produit d'un état voisin de la décadence; celle d'Aristophane, le fruit de la plus virile maturité. En Angleterre, le génie comique prend son essor au moment où la société nouvelle sort de ses langes; en France, à l'époque où cette société, arrivée à l'apogée de son développement, est encore animée de la vie la plus intense; en Espagne, au temps où des formes, déjà pétrifiées, cachent la dissolution et la mort sous leur manteau uniforme. A Athènes, la comédie n'a-t-elle pas brillé du plus vif éclat au milieu d'une démocratie illimitée? à Rome, au sein d'une oligarchie minime? en Angleterre, en France et en

Espagne, dans l'atmosphère des cours de rois absolus? Tantôt
nous la rencontrons en pleine paix, tantôt au milieu de guerres
sanglantes; ici elle s'élève sur la base d'une haute culture
intellectuelle, là sur un sol presque vierge encore. Elle s'est
épanouie, hier, à côté d'une foi ardente, naïve et entière;
aujourd'hui, c'est l'indifférence religieuse et le scepticisme
qui semblent l'avoir enfantée. Qu'y a-t-il de surprenant qu'elle
se soit ressentie de circonstances si diverses, qu'elle ait affecté
les formes les plus dissemblables [1]?

La poésie lyrique a sa source principale dans les secrètes
émotions du cœur, et, loin de la foule, l'âme du poëte ne se
livrera qu'avec plus d'abandon aux voluptés de la rêverie. Que
ce soient les douleurs ou les joies d'un amour dédaigné ou
heureux, ou l'ardente prière qui s'adresse au ciel; que ce
soient les impressions de la nature environnante, le retour
mélancolique vers le passé ou de glorieux rêves d'avenir; que
ce soient même les plaisirs qu'apporte le dieu de la joie
Dionysos, — toutes les inspirations de la poésie lyrique sont
de l'homme, et non d'une nation; de tous les temps, et non
d'une époque : se taisant sur le forum, elles sont toute-puis-
santes dans la solitude...; fort naturellement, car elles ne
naissent pas du mouvement des masses, mais de la vie individuelle. Là même où la poésie lyrique s'élève jusqu'à
l'enthousiasme, dans l'ode triomphale de Déborah ou de

[1] On objectera que, les conditions changeant, la poésie épique a
changé également; que l'*Énéide* et le *Schahnameh,* les *Lusiades* et *la
Jérusalem délivrée,* le *Roland furieux* et le *Morgante maggiore,* ne
ressemblent point les uns aux autres, et ressemblent moins encore
aux poëmes nationaux des âges héroïques. Cela est incontestable;
mais il ne faut pas oublier que le poëme épique moderne a cessé d'être
une production populaire, d'inspiration collective, s'il est permis de
s'exprimer ainsi, pour devenir une œuvre savante, personnelle, tandis
que la comédie — *la bonne comédie* — est restée nationale dans toutes
ses variétés, à travers toutes ses transformations.

Pindare, l'inspiration a sa source première dans la foi, c'est à dire dans le plus intime, le plus individuel de tous les sentiments humains. D'ailleurs, il est dans la nature de l'enthousiasme une certaine exaltation poétique qui nous élève dans des régions où disparaissent les distinctions de temps et de lieu; tandis que ce sont précisément ces diversités qui nous frappent dans les rapports journaliers et communs de la vie réelle dont la comédie s'empare de préférence (¹).

Même en ne sortant pas de la littérature dramatique, on sera frappé de la multiplicité des formes que revêt la comédie, si on la compare à la tragédie. Cela est d'autant plus remarquable que la parenté est plus intime entre ces deux genres, et qu'ils fleurissent presque toujours simultanément, si bien qu'on pourrait appeler l'un le pendant et la contre-partie de l'autre. La tragédie aussi naît et prospère dans la vie nationale : elle n'en est que l'expression idéale, comme la comédie en est la reproduction réaliste; elle porte, comme celle-ci, le cachet indélébile de l'époque et du peuple qui lui ont donné le jour. Politique et plastique dans la popu-

(¹) Je ne me dissimule point que si l'on voulait s'en tenir à des formes tout extérieures, ce que je viens de dire de l'identité de la poésie lyrique chez les divers peuples et aux différentes époques de l'histoire, ne pourrait pas se soutenir un instant. Où peut-on trouver, en effet, une plus grande variété de formes que dans ce genre, où l'hymne et l'ode, la chanson et le *scolion*, le sonnet et la *canzone*, la ballade et le *lied*, l'élégie et l'iambe, éveillent des idées complètement différentes, différenciées encore à l'infini par le génie individuel du poëte? Mais, outre qu'il serait plus exact de comparer la comédie à une de ces formes spéciales de la comédie lyrique qu'à cette poésie en général (car tragédie et comédie sont pour le genre dramatique ce que l'ode et la chanson sont pour le genre lyrique), il ne faut pas oublier que chacune de ces catégories est universelle, c'est à dire que le caractère et même la forme de chacune d'elles sont presque identiques chez les peuples les plus divers, tandis que chaque forme de comédie a été créée et n'a été cultivée que par et pour le peuple chez lequel nous la trouvons.

lation démocratique et artiste d'Athènes, elle est religieuse
ou galante dans l'Espagne fanatique et chevaleresque. Le
Français, abstrait et idéaliste, s'y propose le développement
poétique des passions humaines; l'Anglais, réaliste et indivi-
dualiste, y cherche la peinture des caractères. Toutefois, ne
pourrait-on pas appliquer ici l'observation faite, il y a un
instant, à propos de la poésie lyrique exaltée? L'élévation
des sentiments humains établit toujours une certaine égalité;
la diversité ne se fait bien sentir que lorsque les sujets, pris
dans la vie commune, se voient de près. La rhétorique donne
des *figures* pour le langage élevé de l'orateur et du poëte
tragique : a-t-elle jamais essayé d'en établir pour la conversation ou pour le dialogue? La tragédie, d'ailleurs, est, de sa
nature, générale; elle représente l'homme et ses passions
dans les rapports éternels et universels, comme la comédie·
les représente dans leurs relations temporaires et locales; elle
met en opposition des principes absolus et immuables, tandis
que la comédie met en scène les contradictions accidentelles
et les conflits passagers de la société. De là cette conséquence :
lorsque la tragédie nous montre le combat entre la liberté
et la nécessité, entre la morale et la passion, entre l'individu et l'ordre social, elle le présente d'une façon absolue.
Œdipe et Macbeth, Oreste et Titus, sont moins Grecs, Anglais
ou Romains, qu'hommes; leur passion est envisagée à un
point de vue universel. La comédie, même en représentant
le conflit entre le vrai et le faux, donne à ce conflit, tout
éternel qu'il est, des formes plus déterminées. Dans Socrate
et Cléon, Bélise et M. Jourdan, l'élément local et temporel
domine l'élément général et éternel : ils sont moins hommes
que Grecs et Français. Les sentences du héros tragique
éveillent des idées générales; les observations du personnage
comique rappellent des circonstances accidentelles. Aussi,
combien d'allusions n'échappent-elles pas aux générations

suivantes? aux spectateurs étrangers? Il nous serait impossible, même avec une érudition extraordinaire, de prendre à des pièces excellentes de Ménandre et de Plaute l'intérêt que nous prenons à des comédies médiocres dont le sujet est emprunté à notre société et à nos mœurs; tandis que la tragédie de Sophocle et de Shakespeare, quoique sous d'autres cieux èt au milieu d'autres mœurs, nous intéresse autant que la tragédie française. C'est que le poète tragique, ou laisse complètement de côté tout ce qui est accidentel, ou ne le considère que comme secondaire, tandis que, pour le comique, c'est l'accidentel précisément qui lui importe le plus. La couleur locale n'est nullement indispensable dans la tragédie; on ne saurait imaginer une comédie sans elle. Le faux et le ridicule, que flagelle le poète comique, revêtent mille formes, selon les temps et les pays: d'autres idées et d'autres intérêts succèdent à ceux qui ont dominé les générations passées; la passion humaine, que le tragique nous peint, reste éternellement et partout la même. La nature de l'homme est son vrai sujet; les dehors, au contraire, les accidents qui obscurcissent et défigurent cette nature, voilà la donnée du poète comique.

Il est donc incontestable que, de tous les genres littéraires, la comédie est celui qui dépend le plus des circonstances de temps et de lieu. Aussi les questions qu'on s'est posées dans ce travail, et qui, pour toute autre forme de poésie, seraient peut-être insolubles, sont-elles parfaitement à leur place, appliquées à la comédie.

Toutefois, même ici, il faut n'avoir garde d'exagérer la toute-puissance des conditions extérieures. Il n'est pas douteux qu'un grand génie comique pourrait naître et se produire aujourd'hui et à tout moment, aussi aisément que le pourraient un grand poète lyrique ou un grand peintre. L'existence et l'activité de ce génie, de tout un groupe même de talents comiques, ne dépendraient en rien de l'état actuel des mœurs et de la disposition des esprits; mais il n'en est pas moins évident que le caractère, l'esprit et la forme de ses œuvres en dépendraient absolument, et c'est là le point qui nous importe ici. Je suis persuadé, en un mot, que la comédie est fort possible de nos jours en France; mais il me semble qu'elle ne pourra pas se reproduire avec succès dans les formes qu'elle a revêtues jusqu'à présent, et je pense qu'elle en créera ou combinera forcément de nouvelles, plus conformes à l'état de notre civilisation.

II

Des diverses formes de la comédie.

Tâchons de bien déterminer la valeur des expressions dont nous nous servons. Qu'est-ce que la *bonne comédie?* Ce terme doit-il s'appliquer exclusivement à une des nombreuses formes du genre, ou faut-il le réserver aux œuvres classiques de chacune de ces formes? Et si nous nous en tenons à ce dernier sens, quel est le caractère commun désigné par cette expression si vaste que l'usage a consacrée, mais qu'il est absolument indispensable de définir dans une étude esthétique et historique? On appelle comédie les *Chevaliers;* on nomme comédie le *Songe d'une nuit d'été;* comédie le *Tartufe :* pourtant il n'y a pas plus de rapports entre ces trois œuvres qu'entre l'*Iliade* ou un *épinicion* de Pindare; il n'y en a pas assurément autant qu'entre la tragédie intitulée *Timon d'Athènes* et la comédie appelée *le Misanthrope.* Examinons donc d'abord ces deux points préliminaires, avant de répondre directement à la première des questions que nous avons entrepris de résoudre.

Qu'est-ce donc que la *bonne comédie,* dont nous allons étudier les conditions? Est-ce l'ancienne comédie attique d'Aristophane et d'Eupolis? la moyenne de Timoclès et d'Antiphane? la nouvelle de Ménandre et de Philémon? Est-ce la *commedia dell'arte* ou la *commedia erudita* des Italiens? la comédie fantastique de Shakespeare ou la comédie d'intrigues de Lope de Vega? Ne faudrait-il entendre par *bonne comédie* que celle de Térence et de Molière, de Goldoni et d'Holberg? Il faut absolument nous entendre sur ce point avant de pouvoir examiner les conditions sociales de la comédie. Quoi de plus dissemblable, en effet? La comédie d'Aristophane n'eût-elle pas été complètement impossible du temps de Louis XIV? Imagine-t-on la comédie de Plaute, avec ses courtisanes, ses esclaves et sa corruption, au milieu de la société guindée, empesée et chevaleresque de l'Espagne au XVIIe siècle? des féeries dans le genre de la *Tempête* dans la patrie du bon sens et du raisonnement logique, dans ce pays si positif de France? Y a-t-il le moindre rapport entre ces diverses civilisations? Ne nous accuserait-on pas, avec une apparence de raison, de vouloir plier toutes les notions historiques à une théorie littéraire préconçue, si nous cherchions et prétendions trouver des conditions analogues dans la 90e Olympiade et au XVIIe siècle de l'ère chrétienne?

Et pourtant, des dénominations communes ne s'établissent pas d'une façon aussi générale, s'il n'y a pas au fond quelque bonne raison pour les expliquer. En réalité, nous retrouvons dans tous les genres de la comédie deux choses importantes qui leur sont communes : la forme dramatique et le principe comique. Il serait donc toujours permis de se demander au moins « quels étaient l'état des mœurs et la disposition des esprits » aux époques où le principe comique affecta la forme dramatique?

Passons rapidement en revue les formes diverses de la

comédie et marquons-en la diversité caractéristique; puis cherchons ce qu'elles ont de commun malgré toutes ces dissemblances, c'est à dire essayons d'établir le principe comique. Nous y aurons gagné une complète clarté qui nous permettra d'aller au fond des choses sans nous égarer.

La première forme sous laquelle se produit la comédie, celle qui nous explique le mieux son caractère et son origine populaires, est la *farce*. Elle nous en représente l'enfance, et n'arrive que fort rarement à une perfection littéraire. Elle paraît avoir fleuri de bonne heure à Mégare. C'est évidemment d'une sorte de farce populaire que naquirent la comédie d'Épicharme et de Sophron en Sicile, celle de Cratès et de Cratinus dans l'Attique. Les *Atellanes* du Latium semblent avoir appartenu à ce genre qui a été cultivé avec passion par les Italiens modernes, dans la *commedia dell'arte*. Peut-être l'importation prématurée des modèles grecs à Rome, des modèles latins à Florence, a-t-elle empêché le développement national de ce genre dans les deux villes historiques de l'Italie : et pourtant, en France, le même Molière qui a illustré la comédie sérieuse s'est élevé à la dernière perfection dans ce drame populaire; et telles sont la force et l'universalité de son génie, qu'on ne saurait dire dans lequel de ces deux genres il a été plus grand et plus complet.

Il ne faut point chercher dans la farce, lors même qu'elle est traitée avec la plus grande supériorité, une peinture fine et profonde des caractères, une intrigue compliquée, une composition savante, une haute portée morale : ses principaux mérites sont la verve du langage et le comique des situations. Certaines figures populaires *(zanni)*, des types et non des caractères, s'y retrouvent régulièrement : c'est le docteur pédant, le grossier rustre; c'est le soldat fanfaron, l'élégant empommadé, la duègne revêche et le mari bonhomme; c'est surtout le domestique fripon : *Arlechino, Scapin, Grazioso, Clown* ou *Hanswurst.*

L'improvisation, parfois même le travail littéraire, comme chez Gozzi, prête à ces personnages lyriques un dialogue vif, rempli d'actualités et d'allusions, des mots comiques, des gros mots au besoin. Les complications dans lesquelles se trouvent ces personnages peuvent bien être comiques; mais elles se ressemblent, en général, au point de rendre impossible cette curiosité attentive qu'éveille la comédie d'intrigues. Les rôles convenus représentent, grossièrement il est vrai, des faibles ou des ridicules humains, et contiennent, par conséquent, les éléments de la comédie à caractères; mais ce n'est pas là qu'il faut chercher leur vraie valeur comique, car la sottise et la vanité font presque seules tous les frais de ridicule moral. La laideur et la difformité physiques, la bizarrerie des costumes, la gaucherie des gestes, jointes à l'esprit des mots, — voilà le comique de ces premiers tâtonnements de l'art.

La seconde forme — faut-il dire la seconde phase? — du drame comique, *l'ancienne comédie attique,* est celle, sans contredit, qui offre le plus d'intérêt à l'historien et qui embarrasse le plus le critique littéraire, partagé entre l'admiration et l'étonnement; une de ces apparitions sans précédent et sans analogue; un de ces fruits qui n'appartiennent qu'à un seul climat : elle est tellement en dehors des données ordinaires de l'art, qu'elle se refuse presque à la définition. C'est un pamphlet dialogué plutôt qu'un drame comique. Le nœud de l'action y est d'une simplicité telle, qu'à peine il a besoin du dénouement, toujours amené d'une façon fort primitive. La composition générale en est presque stéréotype à force de symétrie. Les personnages ne sont plus des types, il est vrai; mais en attendant qu'ils représentent des caractères, ce sont encore des individus réels, à moins que ce ne soient des êtres allégoriques. Les travers que raille l'ancienne comédie attique ont une portée plus haute, sans doute, que les ridicules de province dont se gaudit la farce; mais cette portée n'est point dans leur nature plus universelle : elle est en ce que c'étaient des travers athéniens, et que tout ce qui vient de là a le privilége d'intéresser éternellement l'humanité tout entière. L'illusion scénique que le poëte détruit à plaisir en intervenant de sa personne, est encore complètement étrangère à cette forme dramatique, à peine dégagée de l'élément lyrique auquel elle doit son origine; et je ne doute pas que les ïambes d'Archiloque, qui firent le désespoir de Lycambe et de Bupale, n'auraient eu besoin que d'être placés dans la bouche des personnages raillés pour former de véritables comédies aristophanesques; car ces comédies ne sont, en un mot, que des satires mises en action.

La forme de la comédie qui se rapproche peut-être le plus de l'ancienne comédie attique, — et surtout de la moyenne, s'il faut en juger d'après le *Plutus* et d'après ce que les anciens nous disent des pièces d'Anaxandride et d'Alexis, — c'est la comédie *fantastique* ou la *féerie*, telle que Shakespeare et Calderon l'ont inimitablement créée par le *Songe d'une nuit d'été*, la *Tempête*, le *Conte d'hiver*, par les *Matinées d'avril et de mai* et *l'Enchanteur Amour*. Ce n'est pas, certes, que l'ironie y soit dirigée contre des personnages vivants, ni contre des abus ou des ridicules du pays et du moment : la comédie fantaisiste se tient même, avec intention, éloignée de toute actualité et de tout ce qui touche à la vie publique, élément vital de l'ancienne comédie attique; et pourtant, dans la licence de l'imagination qui dédaigne toute vraisemblance, dans la hardiesse des conceptions, dans cette création d'un monde étrange et fantastique, sans prétention aucune à la réalité, il y a quelque chose qui rappelle vivement le monde imaginaire des *Oiseaux,* par exemple, avec sa *Néphélokok-kygia,* ou bien les aventures de Bacchus et de Xanthus aux Enfers. L'île enchantée de Prospero, la figure bizarre de Caliban, le royaume invisible d'Oberon et de Titania, et le duché de l'amoureux Thésée, tout cela est de même nature que les données étranges des *Guêpes,* de *Lysistrate,* des *Chevaliers,* de la *Paix* surtout. Ici comme là, nous sommes en dehors du cours ordinaire des choses : des êtres mystérieux, sylphes et lutins, bons et mauvais démons, animaux parlants et nuées chantantes, nous entourent de tous côtés; les choses les plus merveilleuses, les plus contraires à toutes les lois de la nature se passent sous nos yeux; nous vivons, en un mot, dans le pays du rêve, dans un monde enchanté, dans la poésie du miracle. Comme Shakespeare et Calderon, comme Gozzi ou Tieck, Aristophane nous transporte, par un coup de sa baguette magique, au dessus et en dehors de toutes les lois et de toutes les conditions de la vie réelle; mais, à tout moment, cette réalité reparaît au milieu du carnaval, comme pour nous montrer qu'elle-même ne le cède guère en folie à ce monde imaginaire dont nous venons de rire; tandis que dans le conte de fées dramatisé, nous oublions complètement la vie réelle. C'est tout un royaume nouveau que le poëte évoque; d'autres lois le régissent, d'autres êtres le peuplent, un autre ciel le couvre, et la réalité lointaine ne nous reste présente que comme un vague souvenir d'un monde de peines et de souffrances, de labeur et de fausseté.

Dans ce genre de comédie, l'intrigue a quelque chose de bizarre et de fantastique comme les personnages; mais au moins elle existe, souvent même sous une forme assez compliquée. Chez Aristophane, à dire la vérité, il n'y a pas encore d'intrigue; c'est à peine si l'on peut parler, chez lui, de composition et de mouvement dramatique. Ce mouvement et l'intérêt de curiosité et de surprise qu'on prend aux événements, forment l'élément principal, j'allais dire unique, dans la *comédie d'intrigue,* dont des pièces de *capa y espada* des Espagnols ne sont que la plus brillante manifestation.

Ce genre de comédie, où le comique est surtout dans les situations, dans les malentendus et les complications qui en naissent, où la portée morale est complètement sacrifiée à la tension de l'esprit chez le spectateur, où, par conséquent, il s'agit moins de faire ressortir des vices ou des faiblesses de la nature humaine que d'amuser, ce genre de comédie ne s'élève que rarement au dessus du niveau de la littérature du jour, destinée à distraire un moment la génération actuelle pour être oubliée par celle qui suit. Il n'y a guère que deux pièces de Marivaux qui se soient conservées sur la scène, et il est probable que le XXe siècle ne réservera guère un sort meilleur aux comédies de Scribe. Une grande habileté de mise en scène, un dialogue très animé, des pointes adroitement diri-gées contre des personnages ou des modes du jour, peuvent nous tromper un moment sur l'inanité du fond; mais le point de départ de toute poésie élevée, le sérieux — et qu'on ne s'y trompe pas, il en faut plus au poëte comique qu'à tout autre — le sérieux des convictions, qui est au fond de la bruyante gaîté d'Aristophane comme du sourire spirituel de Molière et de la poétique sérénité de Shakespeare, ce sérieux manque presque toujours dans la comédie d'intrigues. Aussi cette comé-die fleurit-elle particulièrement aux époques où des conventions sociales ont remplacé la morale de conscience; où de certains préjugés, des règles immuables, imposés par la société, sau-vegardent la morale publique, que, dans des époques de virilité, maintenait le sentiment spontané du bien et du mal, source vive des grandes actions. C'est à ces époques de nivel-lement, d'aplatissement des caractères et de leur individualité par l'opinion, que nous rencontrons toujours cette comédie, tantôt avec un semblant de moralité, tantôt avec toute la nudité et tout le cynisme de sa corruption. Qu'on se reporte aux époques de Philippe III en Espagne, de Charles II en Angleterre, aux XVIIIe et XIXe siècles chez les Français, et on se convaincra de la justesse de cette observation. De là aussi l'absence de toute peinture de caractères dans ces pièces d'amusement. Qu'on prenne tous les *graciosi* du théâtre espagnol, toutes les *duègnes,* tous les galants et toutes les amoureuses, ne se ressemblent-ils pas au point de pouvoir se transporter indifféremment d'une pièce à l'autre? Et n'en est-il pas de même des pièces les plus remarquables qui ont été composées de nos jours? *Mademoiselle de Belle-Isle* et le *Verre d'eau, Bataille de Dames* et *Diane de Lys,* ont-ils la moindre prétention à peindre des caractères? ou si parfois l'auteur prend un élan en ce sens-là, ne s'arrête-t-il pas à la surface? Un certain tic nerveux, la répétition fréquente de tel mot ou de telle phrase, une innocente petite manie ou quelque idée fixe, ne font-ils pas tous les frais de la peinture des caractères?

Si, toutefois, quelques-unes des comédies de cette sorte — et je compte les comédies historiques dans le nombre, comme on vient de voir — sont plus que de la marchandise de fabrique, si elles bravent le temps, comme beaucoup d'entre les pièces de Moreto, de Tirso di Molina et de Lope de Vega, comme celles de Beaumarchais et quelques-unes de Scribe, c'est qu'elles nous peignent des époques et des civilisations qui nous intéressent, — le XVIIe siècle espagnol, par exemple, la veille de 1789, ou le règne de Louis-Philippe. Si elles s'élèvent parfois jusqu'à une haute valeur littéraire, c'est que l'auteur y a répandu la poésie du langage et du sentiment, comme les Espagnols, ou le sel de l'esprit, la finesse des observations, l'habileté de la composition scénique, comme les Français. Toutes les fois que la pauvreté du fond n'est point rachetée par quelque mérite particulier de ce genre, ces comédies, après un éclat fugitif, tombent dans un oubli complet, ainsi que le prouvent le théâtre de la Restauration en Angleterre, celui du commencement de ce siècle en Allemagne. Qui connaît encore Whycherley et Congreve, Iffland et Kotzebue?

Cette comédie-là, sera-t-il permis de l'appeler la bonne comédie, parce que quelques poëtes de talent y ont réussi, et qu'un seul poëte de génie — Calderon — a composé des chefs-d'œuvre de ce genre en y joignant mille éléments qui lui sont étrangers? Je ne le crois pas. De sa nature, elle n'a ni la naïveté populaire de la farce, ni l'importance du sujet, qui relève la comédie d'Aristophane, ni la poésie de la féerie, ni la portée morale de la comédie à caractères. L'essence comique elle-même y est tout extérieure, tout accidentelle, dans les situations, et non dans les caractères, ni dans les mœurs, ni dans les passions, ni dans les faiblesses humaines. Aussi, bien que notre époque ait été particulièrement féconde et, j'ose le dire, très heureuse dans ce genre, me semble-t-il difficile de la désigner comme une période de grande littérature comique.

Je viens de nommer la *comédie de caractères*, expression peu exacte peut-être, mais généralement adoptée. Presque tous les peuples s'y sont essayés avec plus ou moins de succès : chacun lui a donné un cachet particulier, selon son caractère national et l'esprit de l'époque ; mais nous y retrouvons toujours le même principe au fond.

Créé par Ménandre, et connu en Grèce sous le nom de la *comédie nouvelle,* ce genre y fut cultivé avec bonheur par Philémon et Diphile. Importé à Rome par Livius Andronicus, dit-on, il fut traité avec talent par Plaute et Térence. L'Italie de la Renaissance s'en empara avec cette passion qu'elle portait à tout ce qui venait de l'antiquité, et ses plus grands génies, l'Arioste et Machiavel ; ses écrivains les plus spirituels, l'Arétin, Firenzuola et Cecchi ; ses poëtes les plus savants, Alamanni et le Trissin, s'essayèrent dans la *commedia erudita.*

En Angleterre, les rivaux de Shakespeare, Ben Jonson, Beaumont et Fletcher, se distinguent en ce genre. En France enfin, un grand génie choisit cette forme pour s'y produire, et le nom de Molière a remplacé et effacé pour les modernes celui de Ménandre. Ce genre de comédie, nous l'appelons en effet la *comédie de Molière :* c'est lui que les Regnard et les Destouches en France, Lessing en Allemagne, Goldoni en Italie, Moratin en Espagne, Holberg en Danemark, Goldsmith et Sheridan en Angleterre, prennent pour modèle, sans jamais l'atteindre.

Qu'est-ce que la comédie à caractères, et en quoi se distingue-t-elle des autres formes de la comédie? Le grammairien de l'antiquité s'écriant : Oh! Ménandre, et toi, vie, qui de vous deux a imité l'autre? semble avoir répondu à cette question. La nouvelle comédie attique, ainsi que celle qui en est sortie, se propose d'imiter la vie, la réalité. Elle ne se donne point pour un caprice de l'imagination, comme la comédie d'Aristophane : elle prétend partout à l'apparence d'une vérité indubitable, elle se pose comme un événement réel. Aussi vise-t-elle, dans la peinture des caractères aussi bien que dans le dessin des situations, à un naturel qui puisse nous faire illusion. Ce naturel, elle l'exige même dans sa composition sévère et nette : les accidents et les événements doivent naître les uns des autres, et paraître possibles sinon ordinaires. La vraisemblance, qui n'importe nullement au poëte tragique, dont Aristophane et Shakespeare se jouent, dont la comédie d'intrigues peut se passer, est ici une condition presque nécessaire. Qui se soucie que les entrées et les sorties ne soient point motivées dans le *Songe d'une nuit d'été* et dans les *Acharniens?* Les caprices de l'imagination souveraine et arbitraire sont le seul motif, et ce motif nous suffit.

Cette préoccupation du vraisemblable dans la comédie à

caractères produit nécessairement la prédominance de la réflexion sur l'imagination, du travail technique sur le génie créateur, et partant une certaine régularité extérieure qu'on retrouve dans presque toutes les pièces de ce genre, et qui leur donne un je ne sais quoi de classicisme, de mesure, de sévérité.

Toutefois, ce ne sont là guère que les qualités caractéristiques de la forme de ce genre de comédie, dont le fond, l'essence est suffisamment indiquée par le nom. Il se propose d'intéresser, de frapper ou de plaire par la peinture des caractères, qui prend en conséquence un développement très considérable, et joue un rôle dominant dans l'économie et dans le principe de ces pièces.

Littérairement parlant, ce qui distingue l'ancienne comédie attique, c'est qu'on y attaquait des personnages réels, des actes particuliers, des modes passagères déterminées, et non des ridicules et des faibles inhérents à la nature humaine. Ce n'étaient point la vanité ou la sottise, la prodigalité ou l'avarice qu'on y raillait : c'étaient Socrate, Cléon, Euripide; c'étaient la paix de Nicias, l'entreprise de Sphactérie, l'expédition de Sicile; c'étaient l'éducation populaire, le sophisme, l'organisation judiciaire, qui faisaient les frais du poëte comique. Qu'un grand génie, en démasquant les individus et en combattant des erreurs du moment, ait frappé des coups que l'on croirait dirigés contre notre temps et contre nos mœurs, cela n'a rien qui doive nous surprendre; car c'est la faculté distinctive du génie de savoir démêler la source vraie des phénomènes passagers en apparence, et de voir la nature intime et immuable de l'homme sous le fond des mœurs, des erreurs, des passions des hommes. Mais l'ambition et la grossièreté, le sensualisme et le vertige de la vanité, ne sont jamais le sujet abstrait du poëte; ils ne sont peints et châtiés qu'indirectement. C'est là ce qui fait le constraste principal de l'ancienne comédie attique avec la comédie moyenne et nouvelle.

On a tort, je crois, d'attribuer d'une façon trop exclusive la transformation de la comédie attique à la disparition de la liberté démocratique et à la défense des trente tyrans de porter sur la scène des personnages connus. La marche de la civilisation grecque devait forcément amener ce changement, dont la raison intime pourrait bien être la même que celle qui transforma la tragédie; et si j'insiste sur ce point, c'est qu'il prouve une fois de plus l'impossibilité de faire revivre de nos jours la comédie d'Aristophane.

Une révolution complète s'opéra dans les opinions religieuses et philosophiques de la Grèce pendant la guerre du Péloponèse. L'idée du mérite et du démérite de l'homme s'était nettement développée. L'ordre moral dans l'ancienne tragédie est un ordre immuable, aveugle. Confusément et par intuition il semblait basé sur la justice; mais ce principe n'était point clairement proclamé. Le Destin, puissance mystérieuse et inexplicable, planait sur l'humanité, et irrésistiblement frappait ses victimes prédestinées. Ce dogme religieux semblait incompatible avec le progrès du sens moral, ou du moins du raisonnement philosophique. L'idée de la responsabilité de l'homme en avait pris la place insensiblement; elle s'est formulée dans la sagesse des nations par le mot : *chacun est l'artisan de sa propre fortune.* Il y a là sans doute un progrès de l'esprit humain qu'il ne faut point méconnaître parce que la moralité publique et privée n'y gagna rien momentanément, parce que, dans l'art, il ne produisit que des œuvres inférieures à celles de l'époque précédente. Le principe de la philosophie d'Anaxagore et de Socrate dont on trouve déjà tant de traces chez Euripide, est sans contredit un principe je ne dis pas plus vrai et plus élevé, mais plus moderne que celui d'Eschyle et de Sophocle dont la supériorité poétique n'en reste pas moins incontestable. Chez Euripide, l'idée d'un destin extra-humain a déjà commencé à faire place à l'idée de la conscience. Le sort de l'homme s'explique par ses passions et par son caractère, et non par une fatalité étrangère à lui. Les malheurs qui frappent les héros sont des malheurs mérités qu'ils se sont attirés eux-mêmes : ce sont le caractère et les passions de l'homme qui constituent sa destinée, et qui le rendent heureux ou malheureux. Ce principe-là est au fond de toute notre religion et de toute notre morale, et la tentative d'introduire artificiellement le principe de la tragédie ancienne serait vaine et blessante pour nos idées. Voilà pourquoi la tragédie d'Eschyle et celle de Calderon, — car l'Espagne du XVIIe siècle ne partageait pas le principe moderne [1], — nous sont si foncièrement étrangères. Nous admirons cette poésie, mais nous ne nous familiarisons pas tout à fait avec elle.

Tous les poëtes modernes, en effet, sans parti pris peut-être, accommodent cependant le mythe antique à la conscience moderne toutes les fois qu'ils empruntent des sujets à la légende; et je ne parle pas seulement des étrangers, tels que Dante, Shakespeare, Gœthe, mais aussi et surtout des poëtes français, précisément parce qu'ils ont pris pour modèle la tragédie grecque. La Phèdre d'Euripide est encore l'instrument innocent de la déesse courroucée; la Phèdre de Racine est la femme coupable qui mérite son châtiment. Chez le tragique ancien, la statue de la Diane de Tauride apporte la conciliation à la maison maudite des Tantalides. C'est la sérénité virginale de la sœur qui, chez le poëte allemand, rend la paix à l'âme d'Oreste, et qui dissipe, par les rayons de son affection pure et dévouée, les tempêtes amoncelées par les haines et les passions héréditaires dans la famille de Pélops [2].

[1] Je rappelle entre mille l'*Adoration à la croix*.

[2] Les exemples cités de l'*Hippolyte* et de l'*Iphigénie en Tauride* d'Euripide pourraient sembler contredire ce que j'ai dit plus haut sur

La scène comique subit une transformation tout à fait analogue. La comédie d'Aristophane n'avait été que le pendant de la tragédie de Sophocle. Chez lui, c'est le caprice fantastique et folâtre du poëte qui remplit le rôle que le destin joue dans la tragédie. Le génie souverain, avec ses folles idées et ses étranges fantaisies, plane au-dessus des hommes et des choses, dont il est la fatalité inévitable, tout comme le destin tragique plane au dessus des personnages et des événements tragiques : il frappe aveuglément et arbitrairement les victimes. Aussi le poëte ne craint-il pas de se montrer ouvertement et en personne sur la scène : dans la parabase, il explique même expressément qu'il est seul, lui seul, l'auteur de cette amusante fantasmagorie. Sans cesse il rompt l'unité de la fable, se moque de toute vraisemblance, enfreint les lois de son monde imaginaire, par des allusions directes à la vie réelle : il semble qu'il prend un plaisir visible à détruire toute illusion dramatique; car il ne veut point que le spectateur oublie le poëte qui représente la justice comique ([1]).

La comédie nouvelle n'admet point de pareilles licences, parce qu'elle part d'un principe tout opposé : celui de la vérité réaliste. La substitution de ce principe à l'idéalisme antique s'observe aussi bien dans la tragédie, à laquelle aucun ordre du gouvernement n'imposait de lois, que dans la comédie, réformée, dit-on, par des règlements de l'autorité.

le caractère moderne de ce poëte; mais moderne, comparé à Eschyle et Sophocle, Euripide paraît cependant antique encore quand nous le comparons aux poëtes chrétiens. D'ailleurs, dans les deux pièces citées, Euripide emploie le Destin, non en qualité de puissance souveraine, supérieure à toute autre; il le personnifie dans les déesses, non parce qu'il est croyant comme ses prédécesseurs, mais parce qu'il a besoin d'un *Deus ex machina* pour avoir un dénouement.

([1]) Comparez Hermann Hettner, *Das moderne Drama;* Braunschweig, 1852, p. 149.

En effet, Euripide n'enleva-t-il pas déjà à ses caractères la grandeur idéale qui nous frappe chez Eschyle, pour leur donner un plus grand élément de faiblesse humaine? et ne leur prêta-t-il pas ainsi, au moins en apparence, une individualité plus distincte? N'abandonna-t-il pas ces principes traditionnels sur lesquels reposait toute la morale publique de la vieille Athènes pour tout soumettre à un raisonnement dialectique et sophistique même? et n'est-ce pas ce raisonnement qui devait conduire tout droit et rapidement à cette morale relâchée, à cette vertu de prudence qui règne dans la comédie de Ménandre comme dans celle de nos jours? Aussi, Euripide et Ménandre se ressemblent-ils, au point qu'on pourrait confondre les fragments de leurs pièces; si bien, que les deux formes du drame partant de deux points opposés semblent se rencontrer au même but (¹). La forme fut à l'avenant. De même qu'Euripide avait renoncé au cothurne du langage, au ton sublime d'Eschyle aussi bien qu'au style poétique de Sophocle, pour introduire sur la scène tragique le ton ordinaire de la conversation journalière des gens bien élevés, les poëtes comiques du IVᵉ siècle commencèrent à négliger la haute poésie lyrique d'Aristophane, puis à abandonner complètement le chœur, et surtout la hardiesse du langage comique, pour y substituer un vers correct, coulant et uniforme. Dans les personnages, le burlesque et la charge cédèrent la place à une imitation fine et délicate des caractères réels, et nous voyons ainsi la comédie, tout comme la tragédie, quitter le terrain fantastique pour se rapprocher de la réalité. La comédie nouvelle, en effet, est pour la tragédie moderne ce que l'ancienne comédie est pour la tragédie de Sophocle, et voilà pourquoi le poëte moderne qui a quelque prétention à

(¹) Comparez Otfried Müller, *Geschichte der griech. Litteratur;* Breslau, 1857, Bd. II, p. 281.

la littérature sérieuse, ne choisit guère d'autre forme comique que celle de la comédie à caractères.

Voici donc en deux mots la nature de ce genre, sur lequel j'insiste parce que je le crois le seul possible en ce pays pour le présent et l'avenir, et parce qu'il constituera pour le moins *le fond* de toute comédie future, quelle que soit la forme qu'elle puisse revêtir. Le poëte se propose de peindre, en les individualisant plus ou moins, des caractères dominés par une passion, une manie ou une faiblesse particulières. Rarement, jusqu'à présent, on a choisi en ce but des personnages ou des fables historiques; presque toujours les uns et les autres sont purement fictifs. L'intrigue y est généralement d'un intérêt secondaire, et les anciens, aussi bien que Molière, la négligeaient volontiers.

Mieux vaut évidemment, ici comme dans la tragédie, que le poëte ne se borne pas à personnifier des vices ou des ridicules pris abstraitement. C'est là un grand inconvénient dans la tragédie, comme on le voit en comparant Orosmane ou Mahomet de Voltaire, c'est à dire la jalousie ou l'ambition personnifiées, à l'Othello et au Macbeth de Shakespeare, ou au Néron de Racine, c'est à dire à des individus vivants, qui, outre mille autres qualités dont se composent leurs caractères, se trouvent possédés par des passions, telles que la jalousie, l'ambition, la vanité et l'envie. On s'intéressse à des êtres vivants; les abstractions nous laissent froids. Or, cet inconvénient est bien plus grand pour la comédie que pour la tragédie, parce que l'homme peut encore plus aisément s'absorber complètement dans une passion que dans un ridicule. Molière l'a admirablement compris, quand il a prêté à Harpagon et à Tartufe, outre l'avarice et l'hypocrisie, des convoitises sensuelles : au premier, aux dépens de son avarice et de son intérêt; au second, en lui faisant perdre par elle le fruit de son hypocrisie. C'est parce qu'il était encore plus poëte que moraliste, qu'il a fait d'Alceste un caractère si vivant, si complet, chez lequel la misanthropie n'est qu'un élément à côté de tant d'autres qualités caractéristiques; c'est parce que son génie créateur était plus grand que son système littéraire, qu'il a créé cet admirable type d'Arnolphe que personne certainement ne confondra jamais avec la foule vulgaire des maris jaloux et trompés que la comédie a produits. Voilà l'énorme supériorité de Molière sur Térence et sur Plaute, et sans doute aussi sur Ménandre, s'il nous était permis de le connaître complètement; voilà pourquoi des types tels que l'*Alchimiste* de Ben Jonson, le *Joueur* de Regnard, ou le *Dissipateur* de Destouches, ne laissent aucune impression nette dans notre imagination, tandis que nous connaissons Oronte et le *Malade imaginaire* aussi bien et mieux que nos amis intimes; voilà pourquoi nous pardonnons si volontiers à Molière d'avoir parfois négligé l'intrigue, comme dans l'*Avare,* de l'avoir une fois même supprimée dans le *Misanthrope*. Mais, qu'on le retienne bien, il faut le génie poétique, la beauté du langage, la sagesse, l'esprit et l'observation de Molière pour faire oublier ce défaut; et nos poëtes comiques, qui manquent un peu de tout cela, feraient mieux d'imiter Goldoni ou Holberg, le Danois, bien plus corrects et plus irréprochables sous ce rapport que Molière. Leurs qualités, on peut les acquérir ou les imiter; celles de leur grand devancier, la muse seule peut les conférer à ses favoris.

Cette revue des diverses formes que la comédie a affectées chez les différents peuples et à des époques différentes n'aura pas été inutile, je pense. D'une façon indirecte, elle aura même déjà répondu en partie aux questions que j'essaie de résoudre. Outre le résultat premier que j'ai voulu en tirer, à savoir qu'on ne peut guère nommer d'une manière absolue *bonne comédie* aucun de ces divers genres, cette exposition nous aura fourni des matériaux, et aura établi une division qui nous permettra d'être plus court dans la suite; elle aura servi à déblayer le terrain. En effet, nous savons maintenant qu'aucun de ces genres ne peut être considéré comme absolument supérieur aux autres; nous pouvons entrevoir déjà qu'aucun d'eux ne saurait être, sans altération, renouvelé de nos jours et dans notre pays, et que, pour chacun d'eux, plusieurs des conditions essentielles manquent dans notre société ou dans notre manière de voir, et dans la disposition de nos esprits. Mais cette revue m'a aussi semblé nécessaire pour répondre à une question subsidiaire et inévitable, qui se rattachera à la question principale sur la possibilité de la bonne comédie chez nous, à savoir : prendra-t-elle une des formes déjà connues, et quelle sera la forme probable sous laquelle elle se présentera si elle doit renaître? — Je crois, par l'étude précédente, avoir fait pressentir ma réponse; au moins en ai-je donné les éléments.

Ayant marqué la diversité dans la comédie, rendons-nous compte de ce que ces genres, si divers en apparence, ont de commun. Quel est le principe comique revêtu de la forme dramatique? Qu'est-ce qui constitue la bonne comédie?

III

Qu'est-ce que la bonne comédie au point de vue de l'esthétique ?

Toute œuvre dramatique sérieuse, à quelque ordre qu'elle appartienne et si peu que le poëte s'en rende compte lui-même, repose sur le conflit entre les passions de l'homme et l'ordre moral, et ne laisse au spectateur une impression profonde et fortifiante qu'autant qu'elle montre le triomphe de cet ordre moral sur les passions humaines, de l'idée sur les forces aveugles de la nature.

Toutefois, tandis que l'intime nécessité de la loi morale règne pour ainsi dire au grand jour dans la tragédie, elle semble se cacher dans la comédie, pour laisser leur cours aux folies et aux erreurs de l'humanité, et le monde, soustrait à la loi, paraît devenir la proie de l'arbitraire et du hasard. Dans cette anarchie apparente, le caprice heurte le caprice, l'accident se choque contre l'accident; tout ne semble plus que jeu. Le comique consiste à dénouer ce jeu sans l'intervention directe de la loi morale. Les absurdités, les contradictions de toute sorte qui se sont croisées doivent finir par s'annihiler elles-mêmes. Il faut qu'elles montrent elles-mêmes leur propre inanité, si bien que le vrai et le bien, c'est à dire l'ordre moral, triomphent enfin, grâce aux efforts involontaires des éléments hostiles eux-mêmes, passions, caprices ou hasard. Seulement, tandis que cette justice, cette nécessité supérieure, sacrifie dans la tragédie les personnes pour montrer son inviolabilité et son autorité, elle ne fait périr, dans la comédie, que le mal et le faux, et pardonne aux personnes en les livrant au rire. Leur folie n'a servi qu'à mieux montrer la noblesse imprescriptible de la nature humaine, et le hasard, le maître apparent qui a semblé régner dans la comédie, et dont elle n'a fait que révéler l'impuissance, fait d'autant plus brillamment ressortir la justice de l'ordre moral (1).

En représentant ce conflit, le génie comique ne fait que peindre la réalité; car dans la vie réelle aussi, l'ordre rationnel et moral semble à tout instant interrompu, annihilé même. Tandis que le poëte tragique élève le spectateur à des hauteurs d'où le regard embrasse l'harmonie totale, saisit les grandes lignes, le plan de l'ensemble, et en suit la main ordonnatrice, le poëte comique le conduit au milieu de

(1) Comparez Hermann Hettner, *loc. cit.*, p. 146 et suiv.

l'essaim bourdonnant des hommes, dans la cohue agitée de la société, dans le dédale, en apparence inextricable, des activités humaines et des intérêts réels. Mille troubles et accidents, mille contradictions et malentendus paraissent arrêter le cours régulier du monde et de ses lois sociales et morales. L'esprit du poëte, qui n'est que le miroir où se réflète la vie réelle en se transfigurant et en se purifiant; l'esprit du poëte, dont toute l'activité est de pénétrer les apparences et de percevoir l'idée à travers tous les voiles qui la couvrent; l'esprit du poëte s'empare de ces interruptions apparentes de l'ordre rationnel, comme il s'empare de tout ce qui compose la vie de l'humanité. C'est là ce qui donne naissance à la comédie, qui n'est que le monde de l'arbitraire et du hasard; et voilà où gît sa portée morale. Elle montre, en idéalisant le fait, que le hasard et l'arbitraire ont beau se poser parfois comme les puissances motrices de l'univers et comme les maîtres souverains de l'humanité; qu'ils ont beau infirmer en apparence la justice et la liberté, ils finissent toujours par se prendre dans leurs propres contradictions, et par faire triompher les puissances qu'ils ont essayé de nier.

Le contraste entre la tragédie et la comédie est aussi ancien que la poésie. A côté de tout ce qui est grand et noble, nous apercevons inévitablement ce qui est mesquin et laid. Bien mieux : plus l'esprit humain saisit pleinement et clairement l'ordre du vrai, du beau et du bien dans la vie, plus il sera capable d'apercevoir ce qui pèche contre cet ordre, c'est à dire le faux, le laid et le mal, et d'en démêler le sens et le principe intimes. De leur nature, le mal, le faux et le laid ne sont point des sujets poétiques; mais en passant dans l'imagination du poëte, toute remplie du grand et du beau, ils obtiennent droit de cité dans le monde du beau et du grand, et deviennent poétiques.

L'imperfection de la nature humaine fait que cet élément faible prédomine dans la vie réelle, tandis que l'élément contraire, de par sa force créatrice, s'élève un royaume propre dans les régions de l'idéal. De là, le caractère réaliste de la comédie, le caractère idéaliste de la tragédie.

La vie réelle, en effet, a toujours été un sujet inépuisable pour la comédie, et quand même le poëte se sert de personnages fictifs, ou bien, comme le font souvent Aristophane et Shakespeare, de figures telles que la réalité n'en montre pas de semblables, elle a cependant toujours en vue des phénomènes réels : l'état des classes sociales, des ridicules. C'est que le faux et le laid ne s'inventent pas : l'invention se borne à faire ressortir le faux et le laid existants.

Le moyen principal du comique est l'*esprit*. Mais qu'est-ce que l'esprit, sinon l'art de découvrir comme par surprise le faux et le mal? Qu'est-il, sinon une sorte d'éclair illuminant soudain tout le côté défectueux des hommes et des choses? Aussi ne peut-il rien sur tout ce qui est parfaitement beau, grand, saint. Il glisse, impuissant comme le *telum imbelle* sur une armure brillante et impénétrable, sur le martyre, sur l'héroïsme, sur le sacrifice. Qui oserait parodier l'*Iliade,* plaisanter sur *Polyeucte,* rire de Léonidas? La raison en est facile à trouver : l'esprit a une action pour ainsi dire corrosive; il ravale et rapetisse l'objet qu'il frappe. Or, pour pouvoir faire cela, il faut de toute nécessité qu'il soit au-dessus de cet objet; que celui qui l'exerce se trouve sur un point plus élevé, d'où il puisse lancer ses dards. Et cela est toujours vrai, si vrai, que l'esprit même le plus vulgaire, celui qui s'attaque aux petites folies et aux petits travers de la vie sociale, a besoin d'une certaine base qui lui donne cette supériorité indispensable, cette base ne serait-elle, comme en ce cas, que celle d'une plus grande finesse pratique, d'une plus grande habileté sociale, du simple bon sens.

Il résulte de tout cela, que plus un faible ou une erreur sont cachés, plus ils s'enveloppent d'une apparence de vrai et de bien, plus ils seront comiques dès qu'ils sont découverts et mis à nu, parce qu'alors ils font ressortir plus nettement, par le contraste, le bien, le vrai et le beau.

Pour me résumer, je dirai donc que ce que tous les genres de comédie ont de commun, le principe comique, en d'autres termes, est dans le spectacle du hasard et de l'arbitraire, se détruisant eux-mêmes pour faire triompher ce qu'ils essaient de nier : l'ordre moral et la justice.

Ce n'est qu'en atteignant ce but, en réalisant cet idéal du genre, que la comédie mérite d'être qualifiée de *bonne*. Une pièce de théâtre qui ne ferait que nous distraire, et qui ne satisferait pas à notre besoin d'élévation morale, en éveillant en nous l'intérêt moral que la vie pratique peut bien étourdir, mais qu'elle ne détruit pas, une comédie d'amusement ne serait bonne ni moralement ni littérairement. Voilà cette ligne bien nette qui sépare la haute littérature de la littérature du jour, le faiseur du poëte. Il est indispensable cependant que la forme extérieure, le génie poétique et l'observation fidèle de la réalité viennent se joindre à ce but élevé que le poëte se propose souvent sans s'en rendre un compte bien clair. En d'autres termes, le langage devra être naturel et presque familier, sans que le goût y puisse rien reprendre; il faudra que la composition soit simple et aisée, tout en tenant toujours notre curiosité en suspens, et qu'elle ne recoure jamais aux faciles expédients de complications et de dénouements recherchés et artificiellement amenés. Il sera nécessaire que le poëte joigne au don de la nature qui lui fait créer des personnages vivants, le regard ouvert et attentif qui découvre toutes les contradictions, les travers, les particularités de la vie réelle, et qui, en les reproduisant, nous montre, comme dans un miroir, nous-mêmes, notre voisin et notre existence de tous les jours. C'est en réunissant toutes ces qualités qu'une comédie est *bonne,* quel que soit d'ailleurs le genre auquel elle appartient; et jamais aucun cadre ou *canon* littéraire ne nous empêchera d'admirer autant *Maître Pathelin* que la *Tempête,* les *Oiseaux* que l'*École des Femmes.*

IV

De la solidarité de la scène tragique et de la scène comique.

Après avoir défini ainsi le caractère particulier de chacune des diverses formes de la comédie, et après avoir établi le principe commun à toutes, malgré leur diversité, jetons un coup d'œil rapide sur la situation des peuples au moment où ils ont développé avec le plus d'éclat leur génie comique. Renonçons pour un moment aux questions littéraires; oublions l'esthétique et ses catégories, et examinons l'histoire. Les réflexions précédentes, on le verra bientôt, renferment déjà les principaux éléments de la réponse que me semblent dicter une considération approfondie de la nature du genre comique, et une comparaison attentive des diverses époques où brilla la comédie, et surtout des divers peuples chez lesquels elle ne réussit point à se développer.

A première vue, nous l'avons déjà fait observer, il semble qu'il n'y a pas beaucoup de rapports entre la démocratie athénienne et la cour de Louis XIV, entre l'Angleterre protestante et l'Espagne catholique. Et pourtant il y a entre ces divers états sociaux des analogies qui frappent l'esprit réfléchi. De ce que ces ressemblances ne se trouvent pas dans le caractère national, la religion ou les institutions politiques, il ne faudrait pas conclure qu'elles n'existent pas. Il semble au contraire que la similitude est si évidente quelle doit s'imposer forcément à la réflexion. J'ai dit au commencement, que plus qu'aucun autre genre littéraire la comédie avait ses racines dans la vie nationale. Cette observation ne renfermait-elle pas déjà une réponse anticipée à la question? Ne supposait-elle pas une analogie fondamentale entre les périodes de l'histoire qui ont vu fleurir la comédie avec le plus d'éclat?

Constatons d'abord un fait important, décisif même, son explication nous servira de transition naturelle à la partie historique de notre étude : la bonne comédie a toujours prospéré en même temps que la tragédie.

En effet, à Athènes, en Angleterre, en Espagne, en France, la comédie est contemporaine de la tragédie; elles partagent les mêmes vicissitudes, passent par les mêmes phases, et périssent presque ensemble. Cette simultanéité s'explique par l'affinité naturelle des deux genres dramatiques, dont l'un, ainsi que j'ai essayé de l'établir, n'est que la contre-partie de l'autre. Le poëte dramatique présente à son temps le miroir, pour me servir de l'expression d'Hamlet, et ce miroir reproduit le corps aussi bien que l'âme, la réalité que l'idée, le ridicule que le sublime. Aussi, le poëte comique ne fait-il que compléter le poëte tragique; et lorsque Platon demandait que celui-ci fût en même temps comique, il voulait dire sans doute qu'il devait être homme complet, réfléter la vie tout entière, une face aussi bien que l'autre; être assez créateur, en un mot, pour savoir perdre complètement sa personnalité afin de mieux rendre le spectacle de la vie humaine. Ce que demandait Platon n'était rien d'impossible : les tragiques grecs, et Eschyle en particulier, le prouvèrent en composant leurs *drames satyriques;* et les plus grands d'entre les modernes, Shakespeare, Calderon, Corneille, Racine, ont été aussi accomplis dans la comédie que dans la tragédie. Telle est même l'intime connexité du principe tragique et de l'élément comique, que Shakespeare n'a pas craint de mêler ce dernier élément à ses plus sublimes tragédies elles-mêmes, et que Molière a osé toucher, dans la comédie, les côtés les plus tragiques de la nature humaine; car il me semble qu'Arnolphe et Alceste sont faits tout autant pour nous inspirer la pitié que pour nous forcer au sourire.

Ce qui est vrai de l'individu est vrai aussi de cette individualité complexe que l'on nomme *un peuple*. Arrivé à un certain point de son développement historique, le génie national se recueille pour tenter de se reproduire *idéalement*. Il essaie de réfléter la réalité qui l'entoure, les idées qui le dominent, qui l'obsèdent; en un mot, il veut incarner sa nationalité. Platon aurait dit : il en veut fixer l'*idée*. Selon qu'il se mette, dans cette tentative, au point de vue sérieux ou plaisant; selon qu'il saisisse les tendances idéales ou les côtés réels de la vie, il adoptera la forme de la tragédie ou de la comédie; et on peut dire d'avance, sans courir le risque de se tromper, que telle la tragédie, telle la comédie d'un peuple. Éminemment politique en Grèce, l'une et l'autre sont conventionnelles en Espagne; elles penchent vers l'abstraction et la généralité en France; elles sont toutes les deux fondées essentiellement sur le développement des caractères en Angleterre.

Tout le monde connaît l'histoire du théâtre grec. A peine la tragédie fut-elle arrivée à un certain degré de développement, à peine Eschyle lui eut-il donné sa forme définitive, que la comédie se produisit à Athènes. Profitant des expériences de sa sœur plus grave et plus posée, elle parcourut plus rapidement qu'elle les phases premières de son développement. On sait que Cratinus fut le contemporain d'Eschyle, Cratès, Eupolis, Aristophane ceux de Sophocle. On connaît la portée politique de la tragédie grecque, les tendances aristocratiques ou du moins conservatrices du vieux « Marathonomaque, » plus fier de ses lauriers de Salamine que de ses couronnes

dramatiques; son hymne triomphal des *Perses* en honneur
de la vieille vertu hellénique; son plaidoyer pour Aristide
(Amphiaraus) et contre Thémistocle, dans les *Sept contre
Thèbes;* sa lutte pour l'Aréopage et son acte d'accusation
contre le meurtre d'Ephialte dans *l'Orestie.* Mille allusions
de ses pièces nous échappent; mais nous savons que partout
il défendit sur le cothurne les vieilles institutions, la vieille
religion, les vieilles mœurs d'Attique, tout comme Cratinus
et Aristophane les défendirent vaillamment sur le soccus. Il
est probable, bien que j'avoue n'avoir aucune preuve à l'appui,
aucun élément d'hypothèse, sinon celui de l'analogie, que
l'esprit de la comédie de Phérécrate et de Platon le comique
répondirent d'une façon analogue à l'esprit péricléen des
pièces de Sophocle. J'ai déjà fait observer que la transformation radicale de l'ancienne comédie attique correspondit
à l'altération de la tragédie, déjà sensible chez Euripide qui,
en renonçant au style idéal pour imiter le langage parlé, en
substituant aux intérêts publics les conflits personnels, place
le centre de gravité dramatique, s'il est permis de parler
ainsi, dans les caractères, au lieu de le laisser dans le destin,
où il s'était trouvé jusque là. Déjà Aristophane lui-même,
le vaillant champion du passé, n'échappe pas aux reproches
de la vieille école de Cratinus qui ne lui pardonnait pas d'être
plus élégant et plus délicat, peut-être même moins vigoureux
et moins hardi que son chef, et qui allait jusqu'à le comparer
à cet Euripide (Cratinus l'appelle Εὐριπιδαριστοφανίζων) que
l'auteur des *Grenouilles* devait si rudement attaquer plus
tard.

Je n'insiste point sur le caractère particulier des théâtres
espagnol et anglais. En Espagne, les principes dominants de
la tragédie et sa forme habituelle se reproduisent dans la
comédie contemporaine. Le fantôme de l'honneur chevaleresque, le devoir féodal envers le roi, et la galanterie, sont

les motifs dramatiques constants de l'une et de l'autre. Quant
à la forme, on trouve dans les deux genres la même
composition compliquée et cependant presque symétrique,
le même système prosodique si animé et si mélodieux des
redondillas; on rencontre ces dissertations si abstraites et
cependant si poétiques qui dédommagent, jusqu'à un certain
point, de l'absence d'un dialogue vif et naturel dans *l'Étoile
de Séville,* comme dans le *Médecin de son honneur,* dans
Donna Diana, comme dans *Don Pedro, le Justicier.* Presque
tous les poëtes tragiques sont en même temps grands comiques : Cervantes, Lope de Vega, Calderon, Moreto, Rojas,
Tirso di Molina. Les deux genres tombent en décadence
simultanément, pour ne revivre que cent ans plus tard par
l'imitation des modèles français.

En Angleterre, même analogie. Presque tous les poëtes
contemporains de Shakespeare, et Shakespeare lui-même,
cultivent en même temps la tragédie et la comédie. Green
et Heywood, Beaumont et Fletcher, Marlow et Ben Jonson,
sont aussi connus en leur qualité de comiques qu'en celle
de tragiques. Une composition fort désordonnée en apparence,
très savante au fond, leur est commune : ils dédaignent les
unités classiques dans l'un comme dans l'autre des genres
dramatiques. Chez eux, ainsi que chez les Espagnols, la tragédie, sacrifiant son caractère idéal, imite la réalité en plaçant
partout le comique en face du tragique, la nourrice à côté
de Juliette. Dans la comédie aussi bien que dans la tragédie,
le style est souvent également surchargé, orné, oratoire; mais
on ne rencontre que rarement des tirades qui arrêteraient
l'action, qui feraient parler les personnages au lieu de les
laisser agir. Dans l'un et l'autre genre, ce sont les événements
et le dialogue qui tiennent constamment le spectateur en
suspens : nulle part on ne trouve des pensées abstraites en
dehors des situations, partout des caractères. Ce sont eux

et leurs passions qui causent les conflits tragiques aussi
bien que les complications comiques. De même que ce ne
sont point des circonstances extérieures, mais leur propre
nature et leurs propres torts, qui perdent le roi Lear, Othello
et Macbeth; de même Falstaff, Malvolio, Catherine, ne se
trouvent point par hasard dans les positions ridicules où nous
les voyons : ils se les sont attirées par leurs propres fautes.
Une autre qualité que nous avons observée déjà est également
commune à la tragédie et à la comédie anglaises : aucun des
rôles ne représente une passion, un vice ou une manie en
général, tels que l'avarice, la jalousie, la vanité; chacun
est un personnage vivant, une *entité,* si je puis m'exprimer
ainsi, et ne devient comique que par l'ensemble de ses
qualités, non par un défaut particulier. Ajoutons le singu-
lier contact des extrêmes qui frappe dans le drame anglais
et qui lui est propre : d'un côté, un certain réalisme qui
devient choquant par sa rudesse dans la tragédie, par sa
vulgarité dans la comédie; de l'autre côté, un genre de
poésie tout aérien, délicat, insaisissable, qui nous transporte loin des régions terrestres, dans des sphères éthérées
et lumineuses; harmonie suave et légère, qui enveloppe
de son voile mystérieux l'infortune de Juliette aussi bien que
le bonheur de Rosalinde.

Cependant, ce qui importe plus ici que le caractère presque
identique de la comédie et de la tragédie anglaises, c'est leur
développement historique absolument analogue. Nées en
même temps vers la fin du XVIe siècle, elles grandissent
ensemble vers la fin du XVIIe, deviennent toutes deux de
plus en plus régulières et classiques sous la main de Ben
Jonson, et périssent simultanément dans le terrorisme religieux de la grande révolution, pour renaître à la fois, l'une
oratoire et larmoyante, l'autre licencieuse et frivole, sous la
Restauration. Elles reçoivent l'une et l'autre une forme

rigoureusement classique, par l'école des Addison et des Pope,
et ne se délivrent que par Byron et Sheridan de ce vêtement
gênant qui leur a été imposé, sans retrouver cependant, ni
l'une ni l'autre, cette vie spontanée, cette sève vigoureuse
qui les animait deux siècles auparavant.

En France, le fait que j'essaie de constater est plus frappant
encore que dans les autres littératures.

Les deux genres remontent à une origine commune, origine
essentiellement nationale. Subissant un instant l'influence
étrangère, — la tragédie, celle du théâtre espagnol; la
comédie, celle de la scène italienne, — elles reviennent avec
vivacité et complètement à leur nature première, et donnent
l'expression la plus complète au génie de la nation. Épris
de l'abstraction et du beau langage, enclin aux idées absolues,
éloquent dans la tragédie, ce génie montre son autre face
dans la comédie : la raison droite et juste, le bon sens sublime
à force d'intensité, l'esprit, la légèreté, l'amabilité. Dans les
deux genres, également préoccupé de la forme, élégant, correct, amateur de l'ordre et de la mesure plus que de tout le
reste, d'un goût irréprochable et sévère, il est essentiellement
classique dans l'un et dans l'autre. Cette forme rigoureuse
des anciens, ce classicisme correct dans la composition, le
théâtre français les conserve au XVIIIe siècle; mais l'essence
du classicisme a disparu. Les poëtes dramatiques se proposent
des buts étrangers à l'art; ils essaient ou d'enseigner la philosophie et de répandre les *lumières*, comme on disait, ou
de prêcher une morale plus éclairée, ou enfin d'exciter à la
haine de la tyrannie et de l'Église. A la tendance raisonneuse
des tragédies de Voltaire correspond le caractère didactique
de la comédie de Nivelle de la Chaussée, d'où sortit la comédie
larmoyante de Diderot. Aux sentences politiques et religieuses
de *Mahomet* et de l'*Œdipe* succèdent les allusions satiriques
de Figaro. Le pathétique et l'excitation d'une émotion presque

physique chez Crébillon, le terrible a pour pendant le comique simplement amusant de Marivaux, Piron, Desmahis; ils cherchent à faire rire, comme le tragique essaie de faire pleurer : effets également étrangers à l'art vrai.

Cette sorte de solidarité entre les deux genres dramatiques devient plus évidente encore dans notre siècle. Une école littéraire essaie d'introduire et d'acclimater en France le drame étranger. Par un effet assez fréquent de l'esprit de système, elle choisit dans la littérature étrangère non seulement ce qui est le plus contraire à la nature de l'esprit français, c'est-à-dire ce qui manque de goût et de mesure, mais encore ce qui n'est qu'accidentel, pour négliger ce qui en fait le mérite véritable. Comme presque tout le *imitatorum pecus,* elle se tient à la surface, et croit avoir imité Shakespeare en mêlant le grotesque au pathétique et en déplaçant la scène après chaque acte. A côté de ces écarts, un romantisme plus timide et en même temps plus sérieux, mêle certaines qualités et formes du théâtre étranger aux traditions de la scène française : l'*École des Vieillards* porte, aussi bien que les *Enfants d'Édouard,* ce caractère mixte, modérément novateur.

Bientôt la tragédie et la comédie renoncent à toute prétention littéraire; ne se proposant même plus de procurer au spectateur le plaisir délicat et élevé des jouissances morales, elles se contentent simplement et grossièrement d'agir sur les nerfs, et simultanément nous voyons le règne fraternel du mélodrame et du vaudeville sur notre théâtre en décadence. Les tentatives qui ont été faites depuis dix ans pour relever la littérature dramatique devaient forcément être stériles et pour la tragédie et pour la comédie, parce qu'elles se servaient de formes et s'appuyaient sur des principes vieillis et condamnés depuis longtemps; l'*Honneur et l'Argent* et le *Demi-Monde* n'étaient qu'un retour à la comédie larmoyante de Diderot, tout comme *Lucrèce* et *Médée* empruntaient à la tragédie de Voltaire ses formes surannées, sans prendre du XVIIIe siècle ce sérieux des convictions bonnes ou mauvaises, nous n'avons pas à l'examiner ici, cette sincérité, je dirai presque cette naïveté de croyance qui éclate à chaque page de *Tancrède* et de *Zaïre,* du *Père de famille* ou du *Fils naturel*.

En somme, on le voit, en France aussi bien qu'à l'étranger, dans le présent comme dans le passé, le sort et le caractère de la comédie ont été indissolublement rattachés à ceux de la tragédie, et je ne crois pas m'écarter de la vérité en assignant à ces deux genres des conditions fondamentales identiques. Ce point est plus important qu'il ne le paraît peut-être au premier abord; il nous prouve, en le rapprochant du fait si frappant de l'absence de comédie nationale à Rome, dans l'Italie moderne et en Allemagne, qu'une condition *sine quâ non* pour le développement de la comédie est l'existence d'une scène nationale. Il a pu se produire dans un pays, en Allemagne par exemple, d'excellentes tragédies, sans que la comédie y ait réussi; mais on ne trouverait pas l'exemple d'une littérature qui aurait un bon théâtre comique sans une scène tragique fort développée. Ayons une tragédie qui mérite ce titre; soyons habitués à voir sur notre scène tragique des œuvres sérieuses et profondes, et nous pouvons être assurés que les poëtes comiques n'oseront pas nous présenter les frivolités dont ils inondent le théâtre du jour. En un mot, la question de la renaissance de la comédie ne se laisse pas isoler de celle de la tragédie. Se demander si la comédie est possible de nos jours, revient donc à se demander si le théâtre français peut se renouveler et redevenir digne de son passé.

V

Des conditions politiques et sociales des pays et des époques où brilla
la bonne comédie.

Les conditions de ce renouvellement existent-elles dans ce pays? et quelles sont-elles? — Il me semble qu'il n'est pas impossible de répondre à cette question, en étudiant attentivement l'histoire.

Séparons d'abord deux ordres de faits : les conditions politiques et sociales, et les conditions littéraires et morales. Les unes et les autres, nous le verrons, sont communes à toutes les sociétés qui ont produit un théâtre classique, quelle que soit leur dissemblance apparente; les unes et les autres manquent aux peuples chez lesquels la littérature dramatique n'a pas vigoureusement prospéré.

Les conditions politiques et sociales. — En jetant un regard sur l'histoire des quatre nations qui ont eu une scène et plus spécialement une comédie nationales, un fait nous frappe tout d'abord : l'intensité de la vie publique chez ces peuples. La première des conditions, en effet, de la comédie, ce me semble, est la vie nationale. Tous les autres genres peuvent arriver à un certain degré de perfection par la théorie et par l'effort : la comédie est toujours le fruit spontané de la vie publique. Je ne voudrais pas être mal entendu cependant. L'habitude où nous sommes, depuis la Révolution française, de voir l'absence d'esprit public coïncider avec l'absence de liberté politique, ne doit pas nous faire confondre deux choses essentiellement différentes. L'esprit public, en effet, est tout autre chose que la liberté publique : la vie nationale n'est point la souveraineté du peuple. Il n'y avait point de liberté politique sous Louis XIV, mais il y avait esprit public; c'est à dire les événements politiques n'étaient point étrangers à l'opinion, comme à d'autres époques, sous Louis XV, par exemple. Condé et Turenne n'étaient point des généraux inconnus au peuple, comme Soubise ou Noailles : c'étaient des héros populaires ; les guerres n'étaient point des luttes diplomatiques, comme celles de Richelieu : elles étaient des entreprises nationales. A tout ce qui se passait, la société, toute la société, prenait une part très vive ; le pays, dans lequel il n'y avait point de partis, était une nation, et cette nation était avec Condé à Rocroy ; son cœur était aux bords du Rhin ou dans les plaines de la Belgique avec son roi et avec son armée. Les événements littéraires n'étaient pas moins présents à tous les esprits, les occupant, les passionnant ; ils parcouraient rapidement tous les rangs de la société, ils étaient des événements publics, nationaux ; car la société était à cette époque et est au fond encore aujourd'hui la nation. En effet, ce n'est point la population qui constitue une nation : c'est la partie pensante, cultivée de la population qui seule mérite ce titre, parce que seule elle forme l'opinion, parce que seule elle a conscience d'elle-même. Et qui dit nation dit individualité, c'est à dire être conscient. Il y a dans cette intensité de vie commune un correctif pour l'absence de liberté politique : ce que les lois ne garantissent pas, les traditions et l'opinion le maintiennent ; de sorte que la liberté théâtrale du temps de Molière nous semble presque incompréhensible aujourd'hui, et sous notre monarchie entourée de formes constitutionnelles, modérée par l'opinion, responsable et issue de la Révolution, des franchises comme celles du *Bourgeois gentilhomme* et des hardiesses comme celles de *Tartufe* sembleraient impossibles.

Une vie publique analogue à celle du temps de Molière existait en Angleterre et en Espagne à l'époque où Calderon et Shakespeare donnèrent au génie comique de leur pays sa plus haute expression ; elle existait à un plus haut degré encore dans l'Athènes de Périclès. Tout ce qui se produisait et tout ce qui s'accomplissait était également propriété commune et action commune de la nation. La philosophie elle-même ne lui était pas étrangère. Socrate n'était point un savant de cabinet comme Leibnitz; il participait au mouvement de son pays, et son pays tout entier participait à son activité. Et ce que je viens de dire de Socrate s'applique, à un degré moindre, il est vrai, à Pascal, et même à Descartes, à Bossuet et à Bacon. Tout ce qui composait la nation éclairée et cultivée était initié dans cette grave littérature qui ne vivait pas, comme de nos jours, à côté de la société, mais dans la société.

La liberté ne fut donc pas, dans le passé, la condition indispensable de la vie publique et nationale, et la forme du gouvernement même n'y était que d'une importance secondaire. Bien plus, il était indifférent que cette vie se manifestât au sein d'une infime minorité ou d'une grande fraction de la population, pourvu que cette minorité constituât bien réellement la nation, ce qui était le cas avec la noblesse d'Espagne, par exemple, avec les *honnêtes gens* de France et avec les *gentlemen* d'Angleterre. Par contre, il était et il est absolument nécessaire, pour que cette vie nationale et publique existe, que le gouvernement soit populaire, représente cette nation d'élite, s'identifie avec elle au point de devenir complètement solidaire avec elle. C'est cette solidarité entre gouvernement et peuple qui me semble une deuxième condition essentielle pour le développement du théâtre en général et de la comédie en particulier.

Cette solidarité ne peut-elle exister qu'avec un gouvernement populaire, exercé ou contrôlé par le peuple? De nos jours et dans nos pays, cela me paraît incontestable; mais, dans des contrées moins avancées en civilisation, telles que la Russie, par exemple, cette incarnation de la nation dans son gouvernement existe sans l'ombre de liberté politique. Il en fut de même à l'origine des temps modernes. Autant et plus que l'Athénien du Ve siècle, l'Anglais, l'Espagnol et le Français du XVIIe siècle vivaient dans leur gouvernement. En face de Périclès, il y avait encore un parti récalcitrant; tout le monde n'approuvait pas la politique de Cléon; quelques-uns allaient jusqu'à séparer leur cause de celle de la patrie. Rien de pareil dans les grandes époques de l'Angleterre, de l'Espagne et de la France. Ici, il n'y avait point de factions, et comme Louis XIV pouvait dire, sans crainte d'être contredit : « *L'État, c'est moi!* » la reine Élisabeth aurait pu dire, sans avoir à redouter aucun démenti : « *Je suis l'Angleterre!* » Philippe II : « *Je suis l'Espagne!* » — Voilà la vraie source de cette intensité de vie nationale qui nous frappe à ces époques d'absolutisme monarchique, et qui les place à côté de la démocratie athénienne en dépit de toutes les diversités accidentelles; voilà pourquoi on se sentait avec orgueil Français, Anglais ou Espagnol, dans des conditions politiques où l'on ne se sentirait aujourd'hui qu'asservi et dégradé.

Mais ces conditions, si importantes qu'elles soient, ne suffiraient pas pour préparer convenablement le terrain du théâtre national, si elles ne se rencontraient à de certains moments historiques, si elles n'étaient le résultat de certains faits préalables. Une chose m'a toujours frappé dans l'histoire littéraire de tous les peuples : les grandes époques dramatiques ne semblent se produire qu'au moment où un peuple vient de parcourir victorieusement une phase dangereuse de son existence, où de grandes épreuves ont été subies grâce à de grands et courageux efforts, où la nation est sortie triomphante d'une lutte de vie et de mort, et où ce combat vient de lui donner conscience non seulement de sa force et de sa grandeur, mais encore de son existence même. En un mot, le sentiment national, indispensable à un grand développement littéraire, est toujours le résultat d'une grande crise, la conséquence d'une période de luttes héroïques contre des éléments contraires au génie de la patrie.

Qu'avait été Athènes avant la guerre des Perses? Un petit municipe qu'on n'aurait eu garde de comparer à la ville de Cadmus et d'Œdipe, dominant les douze cités de la Béotie, ou à l'antique Argos, berceau de tant de héros. Mais, en dedans de son enceinte, ce petit peuple était comme en travail d'enfantement. Les éléments monarchiques, aristocratiques, démocratiques, en présence les uns des autres, sont dans une fermentation menaçante ; les idées, les intérêts, les ambitions nouvelles et les autorités traditionnelles se combattent opiniâtrement. Mais, dès que l'œuvre de Solon est mûrie par cinquante années d'épreuves et de luttes, dès qu'elle est sauvée ou plutôt dès qu'elle est gagnée, comme prix et fruit à la fois de tant d'efforts, à peine ce petit peuple a-t-il atteint, dans sa petite sphère, à la solution des plus grandes questions que la politique de tous les temps puisse se proposer ; à peine a-t-il réussi à concilier, sur son théâtre restreint, les principes les plus graves de la société humaine, que soudain il devient l'avant-garde, le sauveur de la patrie commune. Cette idée même de la patrie commune, on peut dire qu'il la met au monde. Thèbes ne voit encore rien de honteux à se soumettre sans coup férir, à s'allier même au barbare envahisseur. Sparte et Corinthe trouvent tout naturel d'abandonner l'Hellade à l'ennemi commun ; mais, en ce moment suprême, l'âme de la Grèce naquit, et c'est le sein d'Athènes qui l'enfanta. Victorieuse à Marathon, à Salamine, à Mycale, à l'Eurymedon, Athènes devient le bras droit de la Grèce : elle a prouvé déjà qu'elle en est le cœur ; elle ne tardera pas de montrer qu'elle en est aussi le cerveau. L'essor est général, incalculable, et la liberté intérieure va grandissant avec cet essor. C'est le lendemain de Salamine qu'Aristide pose la dernière pierre à l'édifice de

Solon. La puissance suit le dévouement héroïque et la liberté : la petite ville devient la souveraine des mers, la tête d'une puissante ligue, la trésorière, bientôt la maîtresse de cent alliés ; elle dicte ses lois à l'Hellade ; peu d'années encore, et elle rivalisera avec l'antique Sparte, l'aînée des sœurs doriennes, tout à l'heure encore pleine de mépris pour cette race efféminée des Ioniens. Athènes avait joué son tout, et elle avait gagné ; elle avait été sur le point de périr, et elle était sortie triomphante de la lutte. De petite ville, elle était devenue grand État, et son développement intérieur avait correspondu à son agrandissement extérieur. Au milieu des tempêtes, elle avait mis la dernière main au vaisseau sur lequel elle était montée, et ce vaisseau s'était éprouvé dans les tempêtes : la constitution démocratique avait fait ses preuves avant même qu'elle fût complètement achevée. On comprend le sentiment d'orgueil qui dut animer cette nation, orgueil mêlé de cette religieuse reconnaissance, de cette émotion bienfaisante que produit un danger heureusement traversé.

C'est cette disposition des esprits qui est au fond du développement dramatique d'Athènes. Ce qui venait de se passer avait centuplé les forces créatrices de la nation, et, fécondé par ce travail, le sol allait produire les fruits les plus divers et les plus beaux que le soleil ait vu mûrir dans sa course.

Rappellerai-je les circonstances analogues de l'histoire d'Angleterre et d'Espagne ? la lutte sanglante, séculaire, entre la royauté et la noblesse ? la Rose rouge et la Rose blanche ? Ces mille épreuves traversées, les nombreux efforts tentés par la nation pour arriver à un état social et politique conforme à son génie ? tant d'éléments hostiles enfin conciliés par une dynastie populaire ? la religion nationale victorieusement établie et personnifiée dans le souverain ? le moyen âge vaincu et l'aurore du temps moderne ? et, après les luttes intestines, après la conclusion de ce long travail intérieur, les périls du dehors, qui mettent en jeu la liberté, la puissance, la religion, l'existence nationale elle-même? Faut-il rappeler la victoire sur l'Armada, où le pays, en trouvant son salut, acquiert sa grandeur nouvelle? la puissance maritime fondée? l'empire colonial naissant? Qu'importe que ce soit la race germaine et non la race grecque? Qu'importe que la société soit aristocratique au lieu d'être démocratique? que le gouvernement soit une monarchie absolue au lieu d'une république? La journée qui vit détruire l'Armada fut pour William Shakespeare ce que la journée de Salamine fut pour Sophocle: l'heure providentielle où, par un mystère impénétrable, le génie de la nation s'incarna en eux, où ils s'identifièrent avec ce génie : l'heure de naissance du théâtre national.

Un travail semblable avait eu lieu en Espagne pendant le XVIe siècle. Ici, la dissemblance est plus grande encore en apparence : c'est sur la ruine de toute liberté, sur la négation de toute indépendance que s'élève l'édifice nouveau. Mais peu nous importe ici le but vers lequel pourra tendre le génie d'un peuple : il ne s'agit pas de l'objet de sa volonté, mais de la réalisation de cette volonté. Ce n'est pas le moment de la liberté naissante que j'ai indiqué comme l'heure propice au théâtre : ce que j'ai désigné ainsi, c'est l'instant suprême où une nation, en s'affirmant elle-même, arrive à donner une expression complète à son génie propre, quel qu'il soit; et peut-on douter que l'Espagne soit arrivée à ce résultat? La Péninsule tout entière réunie dans une seule main : les royaumes de Portugal et d'Aragon, de Léon et de Castille, de Valence et de Murcie, faisant place au royaume des Espagnes; le dernier vestige de la domination mauresque effacé; le dernier mouvement d'indépendance provinciale étouffé à Saragosse; les dernières oppositions contre la religion romaine extirpées,— ne sont-ce pas là des résultats qui peuvent exalter une nation orgueilleuse? Et cette Espagne ainsi centralisée, étendant sa main victorieuse sur le Nouveau-Monde et lui imposant sa civilisation sombre et sévère, envoie en même temps ses armées et sa noblesse porter la gloire du nom espagnol en France, en Italie et en Allemagne. Les noms du grand capitaine Gonzalve de Cordoue, de Fernand Cortez, de Don Juan d'Autriche, du duc d'Albe, sont prononcés par l'Europe entière avec un mélange de crainte et d'admiration. Les victoires de Barletta, de Gravelines, de Saint-Quentin, viennent de porter au plus haut point le lustre des armes espagnoles, rayonnant déjà de l'éclat merveilleux des contrées fabuleuses qu'elles ont soumises. Bientôt l'Inquisition, victorieuse et toute-puissante en dedans, se fait, au dehors, le champion de l'idée à laquelle elle s'est vouée; elle renouvelle le moyen âge et les croisades en plein XVI⁰ siècle, et, à Lépante, c'est la chrétienté entière qui triomphe par la main de l'Espagne.

C'est au lendemain de cette victoire que naît le théâtre espagnol, et nulle part peut-être, pas même à Athènes, l'étroite connexion de la littérature dramatique et de la vie nationale n'est plus frappante qu'en Espagne. Pas un de ses poëtes qui ne se soit dévoué à l'une ou à l'autre des deux causes qui enthousiasment et animent toute l'Espagne : la gloire guerrière ou la religion. La plupart d'entre eux : Calderon, Moreto, Lope de Vega, après avoir servi la patrie les armes à la main, comme Cervantes; après avoir, comme lui, doté la scène de Madrid de chefs-d'œuvre impérissables, se renferment dans le silence du cloître pour servir leur Dieu. On ne saurait, je le répète, trouver une époque ou un peuple, dans l'histoire, qui aient réuni plus d'éléments d'une forte vie nationale. Que cette civilisation nous soit étrangère, qu'elle soit antipathique même à quelques-uns d'entre nous, je le comprends; mais je ne puis m'empêcher d'admirer l'intensité de cette vie, la concentration de toutes les forces dans un seul point, le concours de tant d'hommes et de tant d'éléments ; je ne puis m'empêcher d'admirer cette civilisation si complète, dont Cervantes nous a laissé le tableau inimitable dans son roman immortel.

Il m'est permis de passer plus rapidement encore sur les circonstances qui ont précédé et, selon moi, préparé l'essor du théâtre en France. Tout le monde les a présentes à l'esprit. Pendant près d'un demi-siècle, la guerre civile avait désolé le royaume : catholiques et protestants avaient oublié qu'ils étaient Français pour se disputer le pays en le déchirant. Un grand politique, qui fut en même temps un héros presque légendaire, sut se procurer la couronne et rendre la paix au royaume en réconciliant les partis ; cette paix et son trône, il sut les consolider en guérissant les blessures que la nation s'était portées. Le pays, que l'étranger n'avait jamais pu réduire, était, grâce à ses propres divisions, déchu et descendu au rang d'une puissance de second ordre : il le releva, et lui restitua la place qui lui revenait en Europe. Ce roi, qui a dû lutter quinze ans pour obtenir la couronne, meurt le plus aimé, le plus populaire des princes, ayant réussi à identifier, pour près de deux siècles, la cause de la nation et celle de la dynastie. Richelieu poursuivit son œuvre interrompue, l'œuvre française par excellence depuis Louis XI ; que dis-je ? depuis Philippe le Bel : l'unité du pays. Il réduit le protestantisme, dompte les factions, abat l'aristocratie, combat avec succès la rivale séculaire de la France, et laisse le royaume plus respecté que jamais. Sans la même supériorité de vues peut-être, mais avec autant de bonheur, Mazarin poursuit cette politique, essentiellement nationale en ce qu'elle répond aux goûts de la nation, à son caractère, à toutes ses traditions et à toutes ses tendances historiques. La résistance de la Fronde vaincue, il remet entre les mains de Louis XIV un pays puissant, riche, uni et dévoué à son roi. Le travail d'unification et de centralisation était terminé ; la France se trouvait au terme d'une phase historique difficile et pénible : elle était arrivée à son apogée pour y rester pendant un laps de temps relativement très long. La fortune donnait les plus beaux gages au jeune Roi et au pays qu'il personnifiait ; l'aurore présageait un jour plein d'éclat. La renommée de la vieille infanterie espagnole fut effacée par la gloire de la jeune armée française le jour de Rocroy ; les grands hommes sortaient du sol comme par enchantement. La France s'est retrouvée elle-même après tant d'efforts et de cruelles épreuves, et, dans la personne de son Roi, devient l'arbitre de l'Europe, à laquelle elle dicte ses lois. A ce plus beau moment de sa vie historique, à cette époque d'efflorescence de son génie, quand toutes les forces de sa nature s'épanouissent avec éclat, la poésie dramatique en traça le portrait. Trois poëtes reproduisirent les trois faces distinctives de ce génie national : l'amour de la grandeur, le goût et l'élégance, la raison et le bon sens.

Ainsi, Aristophane, Shakespeare, Calderon, Molière, ont paru, tous les quatre, à ces moments uniques dans l'histoire des peuples, où une ère de luttes intérieures et extérieures vient d'être close heureusement. La nation, dans la plénitude de son développement viril, après avoir déployé toutes les ressources de sa nature pour échapper à des périls qui menaçaient son existence, se met, heureuse et fière, à jouir de ce qu'elle a gagné à la sueur de son front. Remplie de confiance, elle commence sa carrière expansive, et acquiert la puissance, parce qu'elle a su se vaincre tout en restant fidèle à elle-même, parce qu'elle a su ne négliger aucun des germes que la nature avait mis en elle.

Cependant, cet esprit public, cette solidarité entre gouvernement et pays, cet orgueil et cette satisfaction qui remplissent un peuple sorti plus fort et plus grand d'une phase dangereuse de son existence, courraient fort le risque de ne pas trouver une expression dramatique, s'ils ne se concentraient pas sur un foyer unique où toutes les forces de la nation fussent représentées en ce qu'elles ont de plus éminent et de plus caractéristique, où toutes ses tendances vinssent converger sur un foyer qui constituât comme le résumé, et, pour ainsi dire, la quintessence de la vie nationale. Il faut, pour le développement du théâtre, non seulement l'unité : il faut la centralisation.

Est-il nécessaire, pour cela, que tout un pays soit sous la tutelle d'une ville? Faut-il que toute vie locale soit étouffée et sacrifiée à celle du centre? Exigerons-nous que chaque province renonce au droit de se gouverner elle-même? A Dieu ne plaise que j'entende pareils abus quand je parle d'unité nationale et de centralisation! Je ne pense, en ce moment, qu'à l'unité morale et à la centralisation sociale, nullement à l'unité et à la centralisation politiques. Celles-ci, ni la Grèce, ni l'Angleterre ne les ont jamais possédées; et pourtant, le drame, la comédie surtout, ont prospéré dans ces pays comme en France et en Espagne. Mais elles avaient l'unité de langue, elles avaient une certaine unité de civilisation, des mœurs assez généralement semblables, bien qu'elles ne fussent pas identiques dans les diverses parties du pays. Si les pouvoirs politiques n'étaient pas concentrés à Athènes et à Londres comme à Madrid et à Paris, la vie intellectuelle y était également centralisée. Même aux époques postérieures à l'apogée de la comédie chez ces deux peuples, lorsque Pergame et Alexandrie, Édimbourg et Oxford étaient devenus des siéges importants de la culture intellectuelle, Athènes et Londres conservèrent cette atmosphère littéraire et sociale qui est le résultat du concours spontané de l'activité de tout un peuple.

Cette centralisation de la vie sociale, unie au sentiment

national, voilà ce qui a rendu la comédie possible dans un petit pays comme le Danemarck, tandis que de grandes contrées, telles que l'Allemagne et l'Italie, n'ont jamais pu avoir un véritable théâtre comique. Si, en effet, la comédie d'Holberg peut rivaliser avec celles des littératures plus grandes, n'est-ce pas parce que ce petit peuple, où elle s'est produite, a son individualité nettement dessinée, son histoire séculaire, ses mœurs nationales, une existence indépendante, concentrées dans le foyer de Copenhague? Et si l'Italie et l'Allemagne n'ont pu arriver au même résultat, quelle est la cause de cette lacune dans des littératures aussi riches, chez des peuples aussi féconds, si ce n'est l'absence d'unité nationale et de centralisation sociale?

En effet, l'Italie a d'excellentes comédies sans avoir une comédie. Jamais elles ne sont devenues réellement populaires, et, de nos jours, il n'y a guère que les Italiens érudits qui connaissent les pièces de Machiavel et de Firenzuola : encore ne s'en occupent-ils qu'au point de vue grammatical, comme de *testi di lingua* d'autant plus précieux, qu'ils sont la reproduction exacte, presque minutieuse, de l'idiome classique dans la bouche du peuple florentin. Dès que les comédies, celles d'Arioste, par exemple, n'offrent pas cet intérêt philologique, elles sont, pour ainsi dire, ignorées; en tous les cas, on les chercherait vainement sur la scène. — D'un autre côté, la farce populaire des *Stenterello* et des *Pulcinella,* des *Meneghino* et des *Arlechino,* n'a jamais réussi à devenir un genre littéraire proprement dit, si nous en exceptons les tentatives de Gozzi qui en a profondément altéré le caractère.

Quant à l'Allemagne, on peut le dire hardiment, elle n'a eu qu'une seule comédie, *Minna von Barnhelm;* mais ni Gœthe, ni Schiller, ni Klinger, ni Lenz, ni les poëtes romantiques de ce siècle et leurs imitateurs, n'ont réussi à créer une comédie nationale (¹), et le théâtre populaire avait déjà disparu quand naquit la littérature classique.

Quelles sont les raisons de cette sorte d'abandon, ou, pour mieux dire, de cet état d'infériorité où est restée la scène comique chez ces peuples? Est-ce l'esprit comique qui a fait défaut à la patrie de Boccace et d'Arioste, de Berni et de l'Arétin, de Pulci et de Lippi, de Tassoni et de Bracciolini, de Casti et de Parini, et, pour parler de plus récents, de Giusti et de Pananti? Non, certes. Est-ce une forme originale qui manquait sur le sol natal du théâtre populaire, dans la patrie des *Zanneschi?* On ne le prétendra pas davantage. Tant d'écrivains spirituels, satiriques ou conteurs, n'auraient-ils pu apporter à la comédie le degré de culture qui eût été indispensable pour la rendre littéraire et même classique? La forme existante sur les tréteaux populaires n'aurait-elle pas fourni le germe dont, en le développant, on aurait fait la base d'une comédie nationale plus élevée? Il n'en fût rien, cependant. La *commedia dell'arte* resta à l'état de farce presque grossière, et les talents comiques, s'ils se décidaient pour le théâtre, préférèrent cultiver un genre étranger au peuple. Pourquoi ces deux faits? N'est-ce pas par la simple raison que l'Italie n'était point une nation?

Les populations aussi bien que les États de la Péninsule n'avaient guère rien en commun, pas plus les mœurs que les institutions, pas plus les intérêts que les idées. La langue elle-même ne leur était point commune : pour le Napolitain, l'Italien du Nord était un homme qui parlait français, e le

---

(¹) Il est évident que les pièces souvent si amusantes, la plupart du temps même si vraies, de Kotzebue, ne sauraient être prises en considération ici, où nous parlons non de la littérature d'amusement, mais de la grande comédie d'une véritable valeur littéraire. Parler ici des pièces de Kotzebue, ce serait comme si nous discutions le mérite des romans de M. Paul de Kock, à côté des créations de Fielding, de W. Scott ou de George Sand.

public de Venise aurait eu de la peine à comprendre les bons mots florentins d'un Cecchi ou d'un Firenzuola. Or, pour que la comédie soit nationale, — et elle n'est *bonne* qu'à cette condition, — il faut que la langue dans laquelle elle est écrite, les mots comiques, les allusions qu'elle renferme, les habitudes ou les préjugés qu'elle raille, soient connus et compris de tout public, en quelque partie du pays qu'elle soit représentée.

Mais une nation n'a pas besoin seulement de cette vie solidaire circulant dans tous ses membres, de ce sentiment instinctif de l'unité et de l'identité qui ont manqué à l'Italie : elle a besoin d'un cœur aussi où ce sentiment devienne conscience, où le sang vital et commun vienne affluer, et d'où il aille se répandant de nouveau ; il lui faut un centre. Paris, Londres, Madrid, sont jusqu'à un certain point la France, l'Angleterre, l'Espagne : ils en sont l'expression résumée, *lo scorcio,* dirait l'Italien. Les modes, les engouements, les ridicules, aussi bien que les enthousiasmes et les passions de Paris se répercutent dans toute l'étendue de la province. Dans la société française, il n'y a guère de mœurs bordelaises ou lyonnaises : il n'y a que des mœurs françaises, dont le type est à Paris. Quant aux coutumes de la vie rustique ou des basses classes, coutumes variées en France comme chez les autres peuples, elles ne sauraient être des thèmes comiques, par cela seul qu'elles n'appartiennent pas à la société, et que la comédie n'a affaire qu'à la société.

Une centralisation analogue de la vie nationale a toujours fait défaut à l'Italie. Le poëte comique qui représentait la société milanaise ou florentine n'était guère compris et ne pouvait être que peu goûté par celle de Naples ou de Rome.

Mais cette centralisation, dira-t-on, la Grèce ne l'a pas eue davantage ; bien plus, cette communauté de mœurs et de société était moins grande peut-être entre Sparte et Athènes qu'entre Naples et Milan, et la position de Florence, ce semble, offre bien de l'analogie avec celle d'Athènes, où la comédie jeta un si vif éclat. Florence, sans disposer, comme la capitale de l'Attique, de la flotte et du trésor de cinq cents alliés, exerça pourtant un moment une sorte d'hégémonie sur la Péninsule, et la vie intellectuelle de l'Italie sembla vouloir s'y concentrer au temps de Laurent le Magnifique, à peu près comme durant deux siècles toute l'activité de l'esprit grec s'était localisée à Athènes; mais ce ne fut qu'un moment bien éphémère, et ce centre littéraire eut, à la cour des Gonzague et des d'Este, des rivaux qu'Athènes n'avait point eus. D'ailleurs, qu'on ne l'oublie pas, Florence ne fut jamais que le cerveau de l'Italie; Athènes fut en même temps le cœur de la patrie commune. L'hégémonie sur la Grèce, l'Attique la devait à l'héroïsme de ses citoyens; Florence devait la sienne à la diplomatie de Cosme l'Ancien et à l'argent de Laurent son petit-fils; Athènes, après avoir sauvé la patrie commune, avait conservé sa liberté; Florence, après avoir déchiré son propre sein et après l'avoir livré à l'étranger, aliéna la sienne entre les mains d'une famille de marchands. Athènes était une ville de guerriers : elle le prouva à Marathon et à Salamine, à Délium et à Chéronée; Florence, efféminée, faisait faire par des mercenaires ses guerres où le sang ne coulait jamais. En un mot, Athènes eut l'ambition d'être *l'école de la Grèce,* comme le disait Périclès; Florence eut celle de vendre ses draps à l'Italie (¹).

Quel en fut le résultat? Malgré les qualités de premier ordre qui distinguent les comédies de Machiavel; malgré l'art

---

(¹) Ce jugement pourrait paraître sévère si je ne rappelais que je ne parle ici que de la Florence des Médicis. Quant à celle du XIII⁰ siècle, bien qu'elle ait donné naissance à Dante, l'état primitif de sa civilisation générale et le peu d'importance de son rôle politique dans la Péninsule n'admettent pas de comparaison avec l'Athènes du V⁰ siècle.

et l'esprit infinis avec lesquels l'Arioste porta sur la scène italienne les comédies latines; malgré le dialogue inimitable de vivacité et de verve qui nous frappe dans les pièces de Firenzuola et de Cecchi; malgré l'élégance et la correction du jeune Buonarotti et le sel satirique de l'Arétin, — la comédie demeura *erudita,* comme l'appellent les Italiens eux-mêmes; c'est à dire que, n'étant pas un produit spontané de la vie nationale, elle ne pénétra jamais dans le peuple. Elle resta une plante exotique, cultivée avec beaucoup de soin et infiniment d'art dans les serres chaudes de la littérature savante. Bien faite pour faire sourire la compagnie exquise qui s'assemblait dans les jardins de Ruccellai, ou de dérider l'épicurien couronné du Vatican, elle laissait muet et froid le grand public, trop peu initié dans les lettres latines et grecques pour admirer un art et une finesse qu'ils ne savaient apprécier.

Deux siècles plus tard, lorsqu'un grand talent comique s'empara, avec plus de liberté et moins de licence, de cette même forme, telle que Molière l'avait accommodée au goût moderne, ce fut encore et toujours l'absence de centralisation et de sentiment public, l'absence surtout de mœurs générales, communes à toute la Péninsule, qui l'empêchèrent d'obtenir la palme qu'il aurait certainement acquise s'il l'avait briguée sous d'autres conditions. La chose, en effet, qui manque à la plupart des comédies de Goldoni pour qu'elles soient ce que nous sommes convenus d'appeler de *bonnes comédies,* c'est moins la composition, un peu négligée chez lui, que le caractère national, qui leur fait complètement défaut. Elles ne reproduisent nullement la vie italienne du XVIIIe siècle, et, en prêtant aux personnages une langue autre que la langue italienne, on pourrait en transporter la scène, sans invraisemblance, sous tous les climats, et les croire tout aussi bien écrites par un Allemand, un Anglais ou un Français, que par un Italien. D'autres pièces du célèbre Vénitien, au contraire, pèchent par le défaut opposé; elles sont des comédies locales : mœurs, langage, scène, allusions, tout rappelle la ville des lagunes, et on pourrait dire des pièces de Goldoni qu'elles sont ou vénitiennes ou humaines, mais qu'elles ne sont jamais italiennes. Aussi ce poëte comique fut-il une apparition isolée dans son pays; il fut applaudi, mais il ne laissa point de vestiges dans la conscience vivante du peuple.

Quant à l'autre forme de la comédie italienne, Gozzi eut le malheur de venir l'élever à la dignité d'un genre littéraire à une époque où la décadence des mœurs, la disparition complète de toute vie publique, de toute liberté et de toute indépendance — biens qui avaient eu au moins une existence locale auparavant — ne lui permettaient pas de peindre la réalité, ni même de s'y inspirer. Le poëte fut obligé de fuir dans le royaume de la fable, du conte de fées, de la fiction pure : cela n'aurait pas manqué de charmer un public septentrional; mais comment pouvait-il espérer d'inspirer au peuple italien un intérêt durable pour les aventures de l'*Oiseau vert* ou de la *Princesse de Chine?* pour le *Roi des Esprits* ou le *Monstre bleu?* Le public vénitien les écouta avec passion pendant un jour, pour les oublier le lendemain; et c'est en vain qu'on en chercherait aujourd'hui des traces dans les souvenirs de la ville où elles se produisirent il n'y a pas cent ans.

Je ne tirerai point de conclusion de ces faits si remarquables avant d'en avoir complété la série par un coup d'œil sur l'Allemagne. Ici, les talents comiques ne manquaient pas plus, à coup sûr, qu'en Italie : Fischart et Rollenhagen, Sébastien Brandt et Hans Sachs, au temps de la Réforme; au siècle dernier, Lichtenberg et Lessing; de nos jours, Börne et Heine, — avaient certainement l'étoffe nécessaire pour devenir de grands poëtes comiques, s'ils avaient rencontré un théâtre national. Lessing ne tarit pas dans ses plaintes à ce sujet. Il consacra sa vie et son activité entières à créer un théâtre allemand, il n'y réussit pas ; les circonstances étaient plus fortes que lui. L'Allemagne n'était pas une nation.

Tout le monde connaît le morcellement et la décadence politiques de l'Allemagne depuis le XIIIe siècle. L'essor des classes moyennes, au XVIe, ne fut qu'éphémère, d'ailleurs plutôt religieux et moral que national. Bien que les plus grands génies comiques de la littérature allemande aient surgi en ce moment, l'absence de centre politique et social leur fit préférer à la forme dramatique la forme de la satire et du roman, que la France, également déchirée par des luttes religieuses et menacée d'y perdre son unité, semblait aussi vouloir adopter à ce moment. Cet essor passager de la bourgeoisie allemande fut suivi d'un affaissement durable, que vinrent encore augmenter les souffrances inexprimables de la guerre de Trente ans. Une barbarie plus grossière, un chaos plus ténébreux que ceux des premiers siècles du moyen âge, s'appesantirent sur le pays. Le fil de la tradition nationale, si ténu déjà, fut rompu entièrement, pour ne plus jamais être renoué ; les derniers restes de vie publique et commune disparurent complètement ; et lorsqu'enfin, vers la seconde moitié du siècle dernier, le réveil de vie intellectuelle de sa torpeur léthargique enfanta une littérature nouvelle et plus brillante que celle du moyen âge, une guerre, qui partout ailleurs aurait été une guerre civile, effaçait les derniers vestiges de sentiment allemand. Cette lutte, il est vrai, tout en détruisant la nationalité allemande, en créa une nouvelle : la nationalité prussienne. Un moment, cette nouvelle nation semble pénétrée du souffle de la vie publique : vivant tout entière dans son Roi et pour son Roi, elle vient de résister à l'Europe coalisée ; il semble qu'elle va cueillir les fruits qu'elle a mis un siècle à mûrir. Aussi, instantanément, le seul poëte comique qu'eût l'Allemagne, Lessing, produisit un chef-d'œuvre qui est resté et restera le modèle de la comédie allemande : *Minna von Barnhelm*. Cette comédie, on peut dire que Frédéric le Grand l'a inspirée, lui qui ne l'a peut-être jamais lue. *Minna von Barnhelm,* cependant, est une comédie prussienne plutôt qu'allemande; de plus, elle est complètement isolée dans la littérature d'outre-Rhin.

Toute cette littérature, comme le voulait son origine (elle était sortie de la critique et de l'étude); comme le comportaient les conditions politiques et sociales du pays (l'Allemagne était un chaos d'éléments hétérogènes et hostiles même); comme le lui imposait le caractère allemand, plus porté vers la vie de l'âme que vers la vie de la place publique, — toute cette littérature, dis-je, fut plutôt individuelle que nationale : elle brilla en tout ce qui n'exige pas le sentiment national et la vie publique; et comme la comédie ne saurait s'en passer, elle ne put y naître. Entre les mains de cette nation, l'épopée sacrée, aussi bien que la tragédie et le roman, tout tourne au lyrisme, dans le sens le plus vaste de ce mot, tel que j'ai essayé de le définir au début de ce travail. Aucune ne l'a dépassée dans l'originalité et la puissance de la poésie lyrique; mais on devine qu'il est presque impossible d'imaginer une comédie lyrique. La féerie elle-même, avec son royaume fantastique et aérien, rappelle sans cesse la vie réelle, la vie extérieure; le lyrisme, au contraire, repose essentiellement sur l'émotion individuelle, sur le sentiment senti, si je puis m'exprimer ainsi; et si la sentimentalité peut prêter au comique, le sentiment vrai s'y refuse.

Ce qui n'a pas moins contribué à étouffer, dans sa naissance, la comédie allemande, ce fut l'absence de tradition théâtrale. Au moment même où allait renaître la littérature, le dernier vestige du théâtre populaire et national, *Hanswurst,* venait d'être banni de la scène par le rigoureux puriste Gottsched; mais, en supposant même que l'Allemagne eût eu, dès le XVIe siècle, un développement littéraire suffisant, ou qu'elle eût conservé jusqu'au XVIIIe sa tradition nationale, elle n'aurait certainement pas pu avoir un théâtre comique, parce qu'elle manquait de centre : la comédie y serait toujours restée locale. Les Belise et les Jourdain, les Dandin et les Oronte, les Orgon et les Tartufe, les Sganarelle et les Trissotin, les Philinte et les Chrysale, ne sont pas seulement Parisiens : ils appartiennent à la France. Mais un type berlinois et viennois est loin d'être un type allemand; aussi chacune des villes d'Allemagne conserve-t-elle sur son théâtre des comédies locales, souvent fort spirituelles, maintenues dans le répertoire pendant des siècles presque, et ne réussissant pas à franchir un cercle de dix lieues (¹). A Athènes aussi, la comédie fut locale; mais la localité était Athènes, c'est à dire un résumé de nation, une civilisation entière, une lieue carrée que l'humanité semble avoir choisie pour y jouer l'acte le plus brillant de son drame, où, pendant un jour, l'histoire universelle s'est concentrée tout entière.

On pourrait dire qu'à Rome et à Florence, le défaut de coïncidence des conditions essentielles que j'ai énumérées plus haut, a fait échouer les essais tentés pour créer une comédie; qu'à l'époque où le développement littéraire et social fut suffisamment avancé, la moralité n'existait déjà plus, et que la corruption, si universelle, si criante, de ces temps empêchait la saine comédie de naître. On ne saurait dire la même chose de l'Allemagne du XVIIIe siècle. Là, une culture intellectuelle exquise, s'alliait à une moralité publique assez générale et à une grande probité dans les classes moyennes; là, c'est bien le manque d'unité, de centralisation et de vie nationale, qui a été le seul obstacle à la naissance de la comédie.

(¹) M. Alfred Michiels vient de publier, en traduction française, une de ces admirables comédies locales : le *Lundi de Pentecôte*, dont l'original est écrit en dialecte strasbourgeois, et que Gœthe considérait comme une œuvre accomplie.

Telle était la force des conditions particulières de l'Allemagne, telle la nature du génie allemand, que lorsque
Gœthe essaya de porter sur la scène comique les ridicules
qui furent les résultats des grands événements de la fin
du siècle dernier, et qui les accompagnèrent, il risqua d'y
laisser sa réputation. Les comédies de Gœthe sont peu dignes
du nom de leur auteur, on le sait ; d'ailleurs, il ne s'y trom-
pait pas lui-même : « Nous ne pouvons avoir une comédie,
dit-il, parce que nous n'avons pas de société. » Mot profond
et qui donne la clef du problème.

Une société, voilà ce qu'il faut avant tout au poëte comique ;
elle est l'élément vital de la comédie, élément si fécond, qu'à
défaut de génies, des talents de second et de troisième ordre,
grâce à lui, réussissent parfois à créer des comédies fort
supportables, en dépit même d'autres obstacles que leur oppose
la situation politique ou la disposition générale des esprits.
On peut dire alors que c'est la nation, la société qui a fait
ces pièces, et non le poëte. Telles sont les comédies de
Destouches, de Marivaux, de La Noue et de Dancourt. La
société, ce corps indéterminé qu'on appelle les *caballeros,*
les *gentlemen* ou les *honnêtes gens,* existait à Athènes, à
Madrid, à Londres ; elle existait et existe encore à Paris.
L'Allemagne du XVIIIe siècle ne l'avait pas, et c'est à peine
qu'elle essaie de s'en former une de nos jours.

Mais pour que la société soit un élément réellement fécond
pour la littérature comique, il faut qu'elle soit arrivée à un
certain degré de culture, de raffinement même ; il faut qu'elle
ait des mœurs tant soit peu factices. La comédie est un genre
éminemment social, parce qu'elle représente les vices et les
ridicules résultant de l'état social, plutôt que les vices naturels. On n'imaginerait guère une comédie de sauvages ou de
pâtres, ou simplement de paysans. Les raffinements de la
cité, les préjugés conventionnels, donnent plus ample matière

au poëte comique; les ridicules des hommes plus voisins de la nature peuvent bien entrer parfois dans le comique, mais à la seule condition qu'ils se produisent au milieu d'une société raffinée. L'exagération du point d'honneur, la vanité, le bel esprit, le pédantisme, l'afféterie, la médisance, sont des excroissances de la civilisation, et ne se trouvent point dans des époques primitives; d'autres vices, tels que la jalousie, l'hypocrisie, l'avarice, ne deviennent sujets à comédie qu'autant qu'ils heurtent les conventions et les formes purement sociales : dès qu'ils menacent d'enfreindre les lois éternelles de la conscience, ils deviennent tragiques.

Ce que la réflexion sur la nature de la comédie nous apprend, nous est confirmé d'ailleurs par l'expérience de l'histoire. La comédie ne s'est développée qu'à des époques et chez des peuples qui ont eu une société.

Telles sont donc, selon moi, les conditions sociales et politiques de la bonne comédie : esprit public vivace et sentiment national intense, identité et solidarité du gouvernement et du peuple, conclusion heureuse et conforme au génie national d'une époque critique de son histoire, unité nationale et centralisation, existence d'une société.

VI.

Des conditions morales et littéraires de ces pays et de ces époques.

Certaines conditions d'un ordre littéraire et même moral s'y rattachent : je veux parler d'un degré assez avancé de développement intellectuel, de l'absence de décadence littéraire et morale, de la popularité enfin du théâtre et de son origine nationale.

Quand même l'histoire ne serait pas là pour nous prouver

que la comédie classique n'a jamais fleuri qu'à des époques d'une civilisation assez avancée, la nature intrinsèque même du genre suffirait, ainsi que nous venons de le voir, pour montrer l'indispensable nécessité de cette condition. Ce qu'on appelle une société, c'est à dire le vrai thème de la comédie, est déjà un fait de civilisation. Personne ne parlera d'une société achéenne du temps de la guerre de Troie ou d'une société germaine du temps de Théodoric. La société non seulement a besoin de grands centres de population : elle exige un certain raffinement de mœurs pour pouvoir se former, et la plupart précisément des types comiques sont des produits de la société. La forme dramatique, en général, nous l'avons vu, ne naît point à des époques primitives : au moins ne la voyons-nous naître, chez les anciens aussi bien que chez les modernes, qu'aux moments de transition entre la jeunesse et la maturité des peuples. Cela se comprend. Le poëte épique raconte les événements sans y pénétrer, sans les analyser; son génie ressemble à un miroir sans tache qui réflète la surface du monde extérieur. Le poëte lyrique exhale les émotions douloureuses ou joyeuses dont son âme est pénétrée, et jusqu'à un certain point on peut dire que la poésie lyrique ne se compose que de cris de joie et de cris de douleur : aussi la poésie lyrique raisonneuse, la poésie lyrique de réflexion, — et qui ne la connaît? — est un genre faux, futile aux yeux du penseur, froid pour l'âme naïve, factice et ennuyeux pour tout le monde. Le poëte dramatique, le premier, pénètre dans le cœur des hommes; il représente à la fois leurs actions et les motifs de leurs actions; il décompose et recompose l'organisme des passions. Tout poëte dramatique qui mérite ce nom devrait, comme Shakespeare, présenter des personnages « ressemblant à des horloges de cristal, qui montrent en même temps le mouvement des aiguilles et le mécanisme intime par lequel elles sont mises en mouvement. (Gœthe.) » Une naïveté absolue, la naïveté de l'enfant et du poëte épique, il ne peut donc plus l'avoir ; car la réflexion, l'observation l'ont effacée. Mais il n'est pas non plus exclusivement dominé par la passion, comme le jeune homme et le poëte lyrique, puisqu'il faut qu'il soit assez maître de lui pour peindre les passions des autres, toutes les passions, sans paraître lui-même. Il lui faut une certaine impartialité, ou plutôt une certaine impersonnalité qui n'appartient qu'à l'homme mûr, chez lequel la réflexion et l'expérience sont venues non pas anéantir la spontanéité première, mais la contrôler ; non pas éteindre les passions, mais les dominer. Le poëte lyrique a le droit d'être confus, vague, obscur, comme les sentiments humains eux-mêmes, qu'il exprime en rivalisant avec le musicien ; le poëte dramatique doit avoir le regard clair et pur comme le poëte épique, mais plus pénétrant que lui, puisqu'il veut nous découvrir les profondeurs cachées de l'âme. Il va sans dire qu'il faut un certain degré de civilisation pour arriver jusque-là.

Mais le développement tout extérieur, tout matériel de la forme doit venir à son aide. Il faut à la comédie une certaine culture : une langue déjà formée, des principes même et des théories littéraires. La poésie, — et c'est là la raison pour laquelle la bonne comédie n'a que des époques si éphémères, — la poésie doit à la fois être spontanée encore et populaire, vivace et naturelle, et cependant avoir déjà été matière à réflexion abstraite.

Ce n'est que longtemps après l'apogée de la poésie épique que se développa le drame en Grèce. Toutefois, comme on pourrait dire que cette première forme de la poésie nationale exerça sur la littérature dramatique d'Athènes aussi peu d'influence que la *Chanson de Roland* en exerça sur le théâtre français du XVIIe siècle, contentons-nous de constater que c'est après les poëtes lyriques éoliens et doriens, et grâce à la

perfection et à la souplesse qu'ils donnèrent au langage,
que c'est après Phrynichus et Eschyle, qui avaient préparé
la scène dramatique, que la comédie naquit à Athènes.
Elle ne commença à jeter un certain éclat en Angleterre
qu'après la poésie savante et harmonieuse des imitateurs de
Pétrarque et de Guarini, c'est à dire après Sidney, Surrey et
Spencer; elle ne se produisit à Madrid qu'un siècle après
Santillana, Boscan Almogaver, Garcilaso de la Vega, Herrera
et tant d'autres, qui avaient acclimaté avec succès, en
Espagne, les formes de la poésie italienne; en France, enfin,
ce n'est qu'après les savantes tentatives poétiques de la
Renaissance, après Ronsard et la Pléiade, après Malherbe
même, que la comédie put s'élever jusqu'à la hauteur d'un
classicisme irréprochable. Et si l'on croyait que ce soit là un
pur hasard, et que les grands comiques, tout en étant pré-
cédés par une culture rationnelle de la poésie, soient restés
des poëtes primitifs, des génies spontanément créateurs, on
se tromperait fort. Qu'on relise la parabase des *Chevaliers*,
les critiques de Cratinus, les attaques contre Eschyle et
Euripide chez Aristophane, et on conviendra que le poëte des
Grenouilles avait réfléchi sur la langue, la versification, la
composition, sur toute la partie technique de son art, et qu'il
aurait pu en remontrer à plus d'un d'entre nos critiques le
plus nourris d'esthétique. Qui ne se rappelle la préface du
Tartufe, les discussions littéraires dans la *Critique de l'École
des Femmes,* l'admirable comparaison de Dorante de la tâche
du poëte comique et de celle du poëte tragique, sa définition
si nette et si profonde de la comédie, la scène du sonnet dans
le *Misanthrope?* Et qui, en se les rappelant, voudra prétendre
que Molière ne fut qu'un acteur improvisateur transformé
par la puissance seule de son génie en poëte dramatique, et
que l'auteur de l'*Avare* et de l'*Amphytrion* fut étranger à
toute culture littéraire, à toutes études classiques? Et l'admi-

rable prologue de *Don Christoval de Lugo,* de Cervantes : cette discussion si spirituellement savante sur les trois unités et sur le droit imprescriptible du poëte comique de laisser voyager son imagination où bon lui semble ! Et la scène où Hamlet parle de l'économie et de la composition dramatiques; celle où il recommande aux comédiens « d'adapter l'action aux paroles et les paroles aux actions, de ne jamais dépasser la modestie de la nature; » où il définit le but de la comédie presque comme Molière : « de présenter le miroir à la nature, de montrer à la vertu ses propres traits..... et aux générations, aux temps, leur forme et leur empreinte. » Des pensées de ce genre ne supposent-elles pas toute une théorie littéraire?

Si je rapproche les uns des autres tous ces faits historiques, l'absence complète de comédie dans les temps primitifs, son apogée aux époques de civilisation mûrissante, les preuves données par les poëtes comiques eux-mêmes de la méditation de leur art, — si j'approche ces faits de la nature intime du genre comique, il n'y a plus de doute pour moi : la poésie comique exige un grand développement général de civilisation et une longue série d'efforts littéraires pour pouvoir réussir.

Toutefois, gardons-nous d'aller trop loin. Le temps est bien limité pour la comédie. Les époques de décadence, soit morale, soit littéraire (les deux choses se tiennent presque toujours), les époques de décadence ne sauraient produire une bonne comédie. Or, à mes yeux, il n'y a de bonne comédie que la comédie morale et simple. Je parle ici de la vraie moralité, et non de la moralité de convention. Certes, Aristophane et Shakespeare, Molière lui-même, blessent plus souvent les oreilles délicates de notre génération vertueuse que ne l'ont fait les poëtes de la *Comédie nouvelle* et nos prudes auteurs actuels, mais ils sont moraux au fond. Quant à la forme, la décadence littéraire consiste surtout dans le manque de simplicité. L'art, l'habileté de la composition, la facilité du vers, la finesse de l'observation, l'esprit, tout cela se trouve encore dans les époques de décadence littéraire; ce qui ne s'y trouve pas, c'est la simplicité.

Eh bien! lorsque je me reporte aux époques qui ont vu fleurir la comédie, la vraie comédie, je rencontre partout ces deux conditions : l'honnêteté et la simplicité. Je les trouve chez le poëte, cela va sans dire; mais je les trouve aussi dans le public. Elles ne dominent plus, il est vrai, mais elles existent encore; et ceux-là même qui leur sont infidèles sentent qu'ils ont tort de l'être. Autrement, ils ne riraient point avec le poëte. Certes, si la simplicité du goût littéraire, si la foi naïve, si l'honnêteté, le respect des traditions avaient été universels à Athènes et à Paris, Aristophane n'aurait pas écrit les *Grenouilles*, les *Nuées*, les *Chevaliers;* Molière n'aurait pas composé les *Précieuses ridicules*, les *Femmes savantes*, le *Bourgeois gentilhomme* et le *Tartufe*. Mais s'ils n'avaient été eux-mêmes complètement libres et au-dessus de ces travers et de ces vices, s'ils n'avaient pas rencontré dans leur public des sympathies, une certaine santé morale, la faculté de discerner le bien du mal, la capacité de l'indignation et de la *haine vigoureuse,* ils n'auraient pas davantage écrit ces comédies.

A une époque de scepticisme complet, Aristophane n'aurait peut-être pas réussi à rendre ridicules les détracteurs de la religion; dans une génération qui n'aurait plus eu aucun regret pour le passé, il n'eût trouvé d'écho en se moquant des novateurs et des niveleurs. S'il n'y avait eu personne en France pour apprécier la noble simplicité de Pascal et la pureté inimitable de Racine, Molière aurait-il rencontré des rieurs ou des approbateurs en persifflant Rambouillet?

De là aussi la mission conservatrice de la comédie. Se produisant à des époques où la civilisation est assez avancée pour avoir déjà porté avec elle ses conséquences tristes ou fâcheuses, et où cependant la conscience de ce mal n'est pas encore complètement éteinte, il est évident que le poëte comique s'appuie sur ce reste de santé morale, de respect, de tradition, de foi, d'honnêteté, pour attaquer la maladie qui approche, l'incrédulité, la manie des innovations, le mauvais goût, et toute cette armée de maux qui vont envahir la société, mais qui ne s'en sont pas encore emparés. — Le contraire pourrait avoir lieu : le poëte comique pourrait railler le pédantisme, la routine, l'obstination, la crédulité des partisans du passé, en s'appuyant sur les lumières des temps nouveaux. La supériorité intellectuelle peut-être ne lui ferait pas défaut; mais aurait-il cette base de supériorité morale dont il ne saurait se passer? J'en doute. La victime ne se prête pas aussi bien au rire que le vainqueur, et il est fort à parier que si le poëte avait voulu railler les héros de Marathon comme il a raillé les guerriers de Pylos, les rieurs n'auraient plus été de son côté. Il est certain que s'il avait flétri la religion antique comme il a flétri le sophisme, il y aurait eu encore assez de capacité d'indignation dans le public d'Athènes pour punir le téméraire. Comment explique-rait-on, sinon par cette conscience survivante, les couronnes que la démocratie, tant honnie, offrit au poëte *réactionnaire,* comme on dirait aujourd'hui?

J'arrive à la dernière, et non la moins importante, des conditions que je crois indispensables à l'existence d'une bonne comédie, je veux dire un théâtre populaire, et l'origine nationale de ce théâtre. Il serait facile de montrer la filiation qui, chez les Grecs, les Anglais, les Espagnols et les Français, rattache la comédie classique à la farce populaire. Qui n'a entendu parler du *comos* de l'Attique et de Mégare, et de sa transformation successive par Cratinus et Eupolis? Qui ne sait que le théâtre anglais est sorti des *miracles?* le drame espagnol des *autos sagramentales,* origine commune de la tragédie et de la comédie castillanes? A qui ai-je besoin de rappeler les *moralités* et les *soties*, la farce de *Maître Pathelin*, les grossières ébauches comiques des *Fréres Sans-Souci* et des clercs de la *Basoche?* les tentatives plus heureuses de Hardy, et bientôt après le coup de maître de Corneille dans le *Menteur?* Que l'on me permette plutôt d'employer ici l'argumentation négative, comme j'ai fait plus haut en parlant de la nécessité des grands centres pour une comédie nationale. Rome, l'Italie moderne et l'Allemagne n'ont pas eu de comédie à la fois nationale et classique. Cherchons une cause de ce fait surprenant chez des peuples aussi doués, et d'une si grande puissance comique dans d'autres genres.

Rome, dira-t-on, a bien eu Plaute et Térence, sans compter leurs prédécesseurs, depuis Livius Andronicus jusqu'à Nevius, dont les pièces ne nous sont pas conservées; mais cette comédie que les Romains eux-mêmes qualifiaient de *palliata*, peut-on sérieusement l'appeler romaine? N'était-elle pas grecque dans la forme et dans le sujet, dans le costume, les mœurs, et jusque dans le lieu où se passait l'action? Qu'y a-t-il là de romain, à l'exception de la langue et des bons mots, j'allais dire des gros mots? Est-ce injuste de dire de Plaute et de Térence qu'ils étaient plutôt imitateurs que poëtes originaux? et les Romains eux-mêmes n'en ont-ils pas jugé ainsi, puisque la *commedia palliata* n'est jamais devenue populaire parmi eux? Du temps de Cicéron déjà, au dire du grand orateur, il n'y avait plus qu'un public d'élite et fort peu nombreux qui goutât les pièces de Térence, composées dès l'origine pour un auditoire très restreint et très aristocratique; et qui ne sait, par Horace, le mépris dont les contemporains d'Auguste couvraient Plaute, la pitié ironique avec laquelle ils parlaient de leurs pauvres aïeux qui avaient pu trouver quelque goût au sel *plautin?*

Qu'était-ce que la *comoedia togata?* Un changement de

costume, selon toutes les apparences, et rien de plus. La toge, en prenant la place du *pallium*, n'altérait probablement que fort peu l'essence du genre, qui resta grecque. D'ailleurs, n'a-t-on pas le droit de conclure de l'absence de tout monument, c'est à dire du fait même, qu'on ne songeait guère à en multiplier les manuscrits, ou qu'elle ne fut pas très populaire, ou qu'on n'en appréciait pas beaucoup la valeur littéraire?

J'ai rappelé plus haut l'absence de véritable comédie nationale et classique à la fois chez nos voisins d'outre-Rhin et d'au delà des Alpes, et j'ai cherché une des causes de cette lacune surprenante dans le manque d'unité et de centralisation. Mais une autre cause n'a-t-elle pas contribué également à produire cet effet? N'est-ce pas surtout que ces peuples, tout comme les Romains, ont importé chez eux la comédie comme une plante exotique, pour ainsi dire, comme un genre savant? Et la comédie peut-elle jamais fleurir dans tout son éclat, arriver à une maturité vigoureuse, si elle ne naît du sol, spontanément, naturellement; si, conçue par le peuple et pour lui, elle n'est nourrie et soutenue par le souffle populaire? Ah! si la comédie latine était née des *Atellanes*, celle d'Italie des *vangelii* ou de la *commedia dell'arte*, celle d'Allemagne de la *Posse;* si elle avait conservé, tout en les tranformant, ses figures typiques, nationales et populaires, comme l'Angleterre a gardé ses *clowns*, l'Espagne ses *Graziosi*, et la France ses *Gros-René*, ses Mariettes et ses Tonines; si elle n'était allé chercher ses modèles, ici dans l'antiquité, là en Espagne et en Angleterre, la comédie aurait peut-être vécu en Italie et en Allemagne, et y aurait pu constamment renouveler son sang vital en s'identifiant avec la vie populaire.

A Rome, on le sait, ce n'est pas seulement la comédie, c'est toute la littérature, à l'exception de la satire, qui a souffert de ce vice de naissance tout le temps de son existence, et ses plus beaux fruits même se ressentent de ce manque d'originalité et de spontanéité que l'art le plus consommé n'a pas toujours su faire oublier. Au moment même où le génie national, assez mûri et développé par son éducation politique, aurait pu trouver son expression, toute une civilisation étrangère fut importée, et vint détruire dans leur germe toutes les fleurs du sol natal. Par surcroît de malheur, cette civilisation elle-même fut de seconde main : ce n'était point l'hellénisme de l'Athènes de Périclès, c'était l'hellénisme d'Alexandrie et de Pergame qui l'envahit, et ce ne fut qu'avec la plus grande peine que les générations suivantes purent oublier Ménandre et Épicure pour étudier Aristophane et Platon.

Aussi Rome n'a-t-elle eu ni épopée, ni tragédie, ni comédie, et il n'en faut pas chercher ailleurs la raison. On a prétendu que la religion et le caractère du peuple romain ne se prêtaient pas à une haute culture intellectuelle; que son esprit, d'une tournure toute pratique, exclusivement préoccupé de guerre, de politique et de droit, était fermé aux émotions plus délicates; que le sens du beau faisait absolument défaut au peuple-roi appelé à *debellare superbos*.

J'avoue qu'il me coûte de souscrire à ces lieux communs tant de fois répétés. Il est vrai que la religion romaine, avec son cérémonial qui ne cachait guère de poétiques ni de profonds mystères, avec ses superstitions et ses augures, avec toute sa tendance purement politique, était peu propre à inspirer le poëte, et que les mythes si gracieux et les figures si aimables de la légende hellénique lui manquaient. Mais faut-il donc absolument que la poésie se rattache exclusivement à la religion? et la comédie en particulier n'est-elle pas partout presque complètement étrangère aux croyances populaires? Est-ce que les combats d'animaux féroces, que l'on ne cesse de citer pour prouver la barbarie du caractère romain, ont empêché les Espagnols d'avoir une comédie nationale, et une poésie en général des plus suaves et des plus éthérées? Le peuple anglais, qui a conservé une grande rudesse fondamentale jusqu'à nos jours; le peuple de la politique et du commerce; le pays des vices grossiers, des plaisirs virils et des natures saines; ce peuple vigoureux qui, à tant de titres, rappelle le peuple romain, et qui n'a pas même ce génie des arts plastiques déployé par la Rome moderne et déjà naissant dans l'architecture de la Rome ancienne, le peuple anglais n'a-t-il pas eu la littérature la plus riche de l'Europe, et un théâtre incomparable en particulier? D'ailleurs est-il juste d'accuser le peuple qui produisit le tendre Tibulle et qui admirait le délicat Virgile, qui saisissait les finesses spirituelles d'Horace et qui savait apprécier l'harmonie du langage cicéronien; est-on fondé, dis-je, de l'accuser d'avoir été inaccessible aux sentiments les plus intimes de l'âme, incapable de goûter les plaisirs raffinés de l'esprit?

D'un autre côté, ce n'est certainement point le sentiment national, ni la gloire, ni l'enthousiasme, ni l'esprit public qui firent défaut à Rome. Elle possédait, ou, pour mieux dire, elle constituait un centre où venaient converger tous les rayons de la vie nationale, et ce n'est point le morcellement politique qui l'a empêchée, comme l'Italie et l'Allemagne, de concentrer sa vie intellectuelle. La seule cause qui, outre celle que j'assigne, ait encore pu contribuer au résultat que nous déplorons, est la distance qui séparait la plèbe grossière de la noblesse, civilisée au plus haut point, ne fût-ce qu'à la surface : un gouffre divisait les diverses castes. Alcibiade l'Alcméonide avait combattu à côté de Socrate, il s'était étendu à la même table avec Platon et Aristophane. Le dernier des Athéniens qui assistait à la représentation des *Nuées* connaissait le poëte et le personnage qu'il portait sur la scène; entrant au Pnyx, il était l'égal de l'un et de l'autre. Qu'on se représente à côté de cet état de choses celui de

Rome; qu'on compare les relations entre un Scipion, un Lélius, un Flaminius, et des poëtes esclaves, des affranchis philosophes, ou une plèbe ignorante et grossière, avec ces rapports pleins d'humanité qui unissaient tous les citoyens d'Athènes, à quelque classe qu'ils appartinssent; cette oligarchie présomptueuse, avec une démocratie où la culture de l'intelligence suffisait pour effacer toutes les différences sociales, où il existait en un mot l'unité de la vie nationale.

Toutefois, si importante qu'ait été cette circonstance, la cause principale, ce me semble, qui a empêché la nation romaine d'avoir une comédie nationale, malgré les talents comiques de premier rang qu'elle comptait, — je ne rappelle que Plaute lui-même, Lucilius, Horace, Pétrone, — c'est que, plus qu'aucune nation connue, elle avait eu à souffrir de cette importation factice d'une civilisation étrangère qui lui imposa des formes contraires à sa nature; c'est qu'en particulier elle alla chercher à Athènes ce qu'elle pouvait trouver dans le Latium, comme l'Italie de la Renaissance cherchait dans les volumes de l'antiquité, l'Allemagne du XVIIIe siècle dans les théâtres espagnol et anglais, ce qui ne se trouve que sur le sol natal, une forme de comédie correspondant au génie de la nation.

Car je ne saurais assez le répéter : si dans tous les genres littéraires les peuples sont d'autant plus heureux et plus féconds qu'ils sont plus originaux, ainsi que nous le voyons par la satire des Romains, par le poëme romantique des Italiens, par la poésie lyrique des Allemands, cette originalité est indispensable lorsqu'il s'agit du genre le plus populaire de tous : de la *comédie.*

S'il fallait résumer en quelques mots les observations si nombreuses qui précèdent, voici ce que je dirais :

Aux rares époques où fleurit la *bonne comédie,* c'est à dire

la comédie à la fois classique et populaire, morale et simple,
chez quelque peuple quelle fleurît, elle a toujours eu pour
condition un concours de circonstances et d'éléments difficiles
à réunir. Ces éléments et ces circonstances, selon moi, sont :
l'esprit public, une vie nationale et un gouvernement populaire, le terme d'une époque ascendante et l'aurore d'une
période de puissance, la centralisation et une société nationale,
un degré avancé de civilisation générale sans décadence, la
culture littéraire de la langue et des formes poétiques, à côté
de laquelle s'est maintenu vivant un théâtre national et
populaire.

VII

Des conditions favorables au développement de la comédie en France.

Des éléments analogues à ceux des époques que nous
venons de contempler existent-ils aujourd'hui en France?

Oui et non. Plus qu'aucun pays d'Europe, la France possède,
aujourd'hui plus que jamais, cette unité nationale, cette
conscience de son *moi*, de son individualité, de son identité,
que nous avons reconnues pour la condition essentielle,
fondamentale de toute comédie véritable. Nulle part la
centralisation, non seulement politique, mais encore sociale,
n'est poussée aussi loin que de nos jours en France. Tous les
rayons de la vie nationale viennent encore converger à Paris,
toute activité y tend, quel que soit d'ailleurs son terrain
spécial. C'est là que la vanité de tout le pays aime à s'étaler,
comme l'ambition y place son but suprême; c'est là que
toute l'intelligence de la nation s'absorbe; c'est là que tout
Français se sent réellement chez lui. C'est Paris, en un mot,
qui voit se déployer dans ses murs les mille efforts de la
nation entière : industrie et commerce, arts et sciences, luxe

et travail, politique et religion, tous les éléments du monde
moderne, et de la France en particulier, y ont leur plus haute
expression, leur vie la plus intense. Le mérite réel lui-même
n'est consacré qu'en étant reconnu à Paris, et ce n'est que
grâce à cette consécration publique qu'il peut devenir un
élément de société; car, pour la société, il s'agit moins d'être
que de paraître, de valoir que d'être accepté. La comédie,
essentiellement sociale, tient aux dehors comme la société :
elle s'en prend aux apparences, tandis que le autres genres
de poésie recherchent l'essence.

Aussi ce pays a-t-il ce que peu de peuples possèdent au
même degré : une société. Il y a une société française, et
avec elle des types français, des mœurs françaises, des
préjugés français, des modes françaises. La vie de province,
ou la société de province, ne sont que l'imitation de celles
de Paris, ou, pour mieux dire, celle de Paris n'est que la
concentration la plus intime de la vie nationale, de toutes
ses forces et de tous ses éléments. Quelles que soient les
figures comiques, ou simplement caractéristiques de ce
temps et de ce pays, nous en trouvons les types les plus
complets à Paris : le joueur et le spéculateur, l'anglomane et
le *sportsman,* le médecin charlatan et l'avocat rhéteur, la
femme politique et le boudeur mécontent, le fonctionnaire et
le pédant, le réformateur du genre humain et le conservateur
quand même, la misère dorée, le vernis de culture intellectuelle, le dilettantisme satisfait, la vanité enrubannée, la
suffisance blasée. Quel est le type, quelle est la faiblesse
de ce pays qui ne s'étale à Paris sous sa forme la plus
complète? La rapidité de communication et la multiplication
de rapports qui sont l'œuvre de notre époque n'ont fait
qu'augmenter cette condition si importante de la comédie
nationale. Où est le Français d'aujourd'hui qui n'ait été, ne
fût-ce qu'une fois, à Paris? Combien cette connaissance, que

le spectateur possède du terrain, ne facilite-t-elle pas la tâche du poëte? Un mot l'oriente aussitôt : il suffit qu'on nous dise que nous sommes au Quartier-Latin ou au faubourg Saint-Germain, au boulevard des Italiens, ou dans le Marais, et non seulement notre imagination, ou plutôt notre souvenir personnel, nous représente toute la localité, mais nous savons en même temps et instantanément, à ne pas nous tromper, dans quel élément de société nous allons nous trouver. Une allusion à une mode, passagère même, ou à un engouement du moment, tout Français le saisit comme s'il était Parisien lui-même. Tout détail de mœurs, toute expression locale, il les comprend nettement et aussitôt. Qu'on suppose un habitant de Munich ou de Vienne, de Dresde ou de Hambourg, devant lequel on jouerait une pièce berlinoise; un Vénitien ou un Milanais, un Florentin ou un Romain, devant une comédie napolitaine : toutes ces allusions seraient impossibles, toutes ces plaisanteries resteraient incomprises, toutes ces scènes lui resteraient étrangères, toutes ces mœurs lui seraient inconnues; l'œuvre entière le laisserait froid.

A ce point de vue, la France, qui se sent une, malgré l'hétérogénéité de ses éléments constitutifs, parce que le travail historique les a fondus; malgré les partis, parce qu'aucun d'eux n'est anti-français; la France, qui a des mœurs nationales dominant les mœurs locales sans les effacer absolument; la France, qui a une société et un centre, possède, on ne saurait le contester, plusieurs des conditions essentielles de la comédie à un degré plus élevé que nul autre peuple d'Europe. Elles ne se bornent pas à celles que je viens d'indiquer, et je crois voir d'autres avantages qui sont autant de chances pour la renaissance d'une bonne comédie en ce pays.

Le principal de ces avantages que les Français ont sur d'autres nations et qu'on ne saurait assez faire ressortir en parlant de l'avenir de la littérature comique, c'est qu'ils ont une tradition théâtrale. La comédie française en particulier est née de la vie populaire et nationale; et depuis les *mystères* et les *moralités,* une ligne non interrompue, un développement successif, naturel, j'allais dire organique, nous conduit jusqu'au théâtre du jour. Les tentatives, malheureuses à mon avis, d'introduire des formes étrangères et des théories plus étrangères encore, qui ont détruit le caractère de la tragédie française en voulant le modifier, ne sont point venues nous égarer de la droite voie dans la comédie : elle est toujours restée française. Les conditions ont pu être plus ou moins favorables, les poëtes plus ou moins doués; mais Marivaux et Beaumarchais n'ont pas été moins français que Molière et Regnard. Scribe n'est certes point un écrivain classique, mais il est français. Et pour bien apprécier cet avantage, qu'on se rappelle le mal incalculable que l'imitation des modèles étrangers a fait dans le drame sérieux. Celui-ci a voulu être allemand, anglais, tandis que la comédie n'a cessé de rester française. Aussi Molière est-il resté sur la scène à côté des poëtes du jour, modèle toujours présent, idéal et point de comparaison que l'on ne perd jamais de vue, et dont auteur, acteur et spectateur sentent l'influence malgré eux. La tragédie nous est devenue étrangère au point de ne plus être comprise, à moins que Talma ou Rachel ne nous l'interprètent.

Cet avantage, la comédie le doit, je n'en doute pas, à la continuité de son développement. Dans les farces et soties du XVIe siècle, dans *Maître Pathelin* et *l'Abbé Eugène* gît le germe de la comédie accomplie de Molière; et ce n'est pas en brisant la forme des Jodelle et des Hardy que le grand comique est arrivé à la perfection, c'est en la développant et en la perfectionnant. Cette forme nationale de la comédie a été sauvée depuis le XVIIe siècle, et la comédie française pourrait servir comme une illustration de l'histoire des mœurs françaises. Pure et noble avec Corneille, Racine et Molière; pâle et comme affaiblie, ainsi que le soir du grand règne, mais en montrant encore les reflets, dans Regnard et Dancourt; immorale et corrompue chez Lesage, Legrand et Destouches; légère et sans portée, mais spirituelle et élégante, avec Gresset, Piron, Desmahis, Sedaine, Marivaux; prétentieuse et moralisante, nullement morale, chez La Noue et Nivelle de la Chaussée; agressive et polémique avec Beaumarchais, elle devient nulle et fade sous le Directoire et le premier Empire; plus animée, légèrement politique sous la Restauration et le gouvernement de Juillet; depuis lors, blasée et ennuyeuse comme la société fatiguée qui est le produit des agitations de la première moitié de ce siècle : elle n'est jamais que française, reflet fidèle de la disposition d'esprit régnante, jamais elle n'a été un genre étranger, importé et acclimaté sur le sol gaulois.

Aussi la comédie, en restant nationale, est-elle restée populaire, avantage qu'on ne saurait assez apprécier. Elle n'est point un genre savant, érotique, accessible seulement à l'élite des hommes cultivés. La comédie, chez d'autres nations où la tradition a été rompue, comme en Angleterre et en Espagne, est, ou redescendue jusqu'à la farce grossière et locale, ou devenue une jouissance raffinée pour une compagnie choisie. La masse du peuple anglais, de nos jours, ne comprendrait plus rien à *Comme il vous plaira*, ou *Peines d'amour perdues;* non que ces pièces soient défectueuses, mais la nation a perdu la tradition nationale du théâtre, grâce au fanatisme des *saints,* et grâce aux théories des *wits* du règne de la reine Anne. Le public espagnol ne goûte plus l'*Écharpe et la Fleur,* ou *Maison à deux portes est difficile à garder;* non pas parce que le goût est dégénéré, mais parce que les Luzan et les Moratin ont imposé, pendant un siècle, des formes étrangères à la poésie castillane. En France, au contraire, l'homme du peuple trouve son compte, aussi bien que l'homme de goût, dans *Tartufe*, les *Fausses confidences*, le *Philosophe sans le savoir*, le *Mariage de Figaro*, et jusque dans les bonnes pièces contemporaines, telles que *Mademoiselle de la Seiglière*, *Bataille de Dames*, le *Gendre de M. Poirier*. C'est que toutes ces pièces, je ne me lasserai pas de le répéter, sont françaises dans la forme et dans le fond, quelle que soit d'ailleurs la distance de mérite littéraire qui les sépare les unes des autres.

Il y a plus : la comédie, en se développant ainsi, naturellement et nationalement, a fait des progrès matériels qui seront d'une utilité inestimable pour le poëte à naître. L'art de la mise en scène, de la composition, dans le sens technique du mot, de la *charpente*, pour me servir d'un terme du jargon de métier, la complication de l'intrigue, tout cela peut être considéré comme acquis à la comédie, indépendant du génie individuel, comme une science positive que le poëte peut apprendre et qui ajoute à la valeur de ses œuvres. Si Molière avait rencontré une forme aussi développée, il eût certainement ajouté à tous les mérites essentiels de sa comédie : mérites de style, d'esprit, d'observation, de profondeur, de vérité, de verve, de vie, de naturel, de simplicité, cet autre mérite accessoire en comparaison, mais non sans importance, qu'il semble avoir dédaigné souvent, celui de la composition. Pour se convaincre que cette importance n'est pas médiocre, on n'a qu'à comparer un instant l'intérêt dramatique du *Tartufe* avec l'intérêt tout philosophique du *Misanthrope*. En effet, le *Misanthrope* n'est qu'une série de scènes, tandis que le *Tartufe* se compose d'une intrigue qui ne cesse de tendre notre curiosité, en même temps que les caractères et le dialogue nous égaient ou nous remplissent d'admiration. Et pourtant l'intrigue du *Tartufe*, la mieux composée des pièces de Molière, est loin d'être irréprochable elle-même, puisque le poëte s'y permet le facile recours au *Deus ex machina,* quand il s'agit de donner un dénouement qui n'a pas été suffisamment amené.

La langue ne semble pas moins préparée que la forme. S'il est incontestable qu'à peu d'exceptions près la langue que nous entendons sur nos théâtres n'est rien moins que littéraire; s'il est certain que le poëte comique aurait ici un véritable travail d'Hercule à faire, pour débarrasser la scène d'un langage tantôt trivial et grossier, tantôt plat et fade, souvent recherché et prétentieux, presque toujours incorrect et négligé, il n'est pas moins vrai qu'à aucune époque de la littérature française, depuis le XVIIe siècle, le niveau général de la langue littéraire n'a été aussi élevé qu'à la nôtre. Les exemples d'un style à la fois pur et original abondent; et une époque qui a des écrivains comme P.-L. Courier et M. Mérimée, comme Lammenais et George Sand, comme Aug. Thierry et M. Renan, comme M. Villemain et M. Cousin, possède des modèles plus que suffisants chez lesquels le poëte peut s'inspirer. Et qu'on ne m'objecte pas que le genre d'ouvrages de ces maîtres du *beau parler* exige un style qui n'a rien de commun avec le langage comique. Quand un écrivain, nourri de la lecture de Pascal et de Bossuet, se met à écrire dans un genre léger, il restera encore là digne de ses modèles, dont il se sera pénétré au point de ne jamais devenir vulgaire, pas même dans la peinture de la vulgarité. Il est facile de s'en convaincre en lisant la *Mandragore* de Machiavel, le *Menteur* de Corneille, ou les *Plaideurs* de Racine. Il en est du langage comme des belles manières. Le vrai gentilhomme ne craint pas de descendre jusqu'au peuple ou de renoncer à toute contrainte, en s'abandonnant à une oie bruyante ou à des plaisirs vulgaires, parce qu'il est sûr de ne jamais compromettre sa dignité. D'ailleurs, en se bornant au style comique ou au dialogue, quelques-uns des maîtres que je viens de nommer ne peuvent-ils servir directement de modèle? La verve gauloise de P.-L. Courier, la finesse et l'à-propos de la conversation dans les nouvelles de M. Mérimée, le naturel et la simplicité du dialogue chez George Sand, pourraient être hardiment transportés sur la scène, personne ne s'en plaindrait. Si cependant les essais dramatiques de ce dernier écrivain, ou ceux, bien supérieurs, d'Alfred de Musset, n'ont pas réussi sur le théâtre, ce n'est point au style qu'il faut s'en prendre, mais bien à la faiblesse de l'intérêt dramatique chez l'un, à la délicatesse même et à la supériorité de la pensée chez l'autre. Sous le rapport du style, l'un et l'autre ont tout simplement atteint la perfection. D'ailleurs, je le répète, la grande et vraie gloire de notre siècle est dans la littérature grave, qui restera lorsque tant de romans et de drames, avidement dévorés en ce moment, seront aussi ignorés que le sont aujourd'hui le *Grand Cyrus* et l'*Astrée*. Or, cette littérature, dont tout écrivain sérieux de notre siècle devrait être nourri, quelle que soit la branche qu'il cultive, possède une forme qui ne peut lui donner que des habitudes de grand langage et de simplicité.

Le terrain semble donc on ne peut plus propice à la comédie future, grâce à la grande centralisation dont *jouit* le peuple français, et grâce au sentiment national qui l'anime; la forme est préparée, tant sous le rapport de la composition que du langage. Est-ce que la matière ferait défaut? Je ne le pense pas.

Notre société est à beaucoup d'égards fort propre à la comédie, nos mœurs semblent s'y prêter merveilleusement; mais il faut savoir choisir, ce qu'il est nécessaire de faire à toute époque, et ce que ne savent point faire, ce semble, les poëtes comiques du jour : MM. Ponsard, Augier, Serret,

Dumas fils, Laya, O. Feuillet, et autres. Il faut prendre dans nos mœurs le ridicule et non l'odieux, le travers et non le crime, les défauts et non les vices, sinon on court le risque de s'égarer sur le terrain de la tragédie, et de produire ce genre hybride et faux qu'on a appelé la *comédie larmoyante*. Le *Joueur* de Regnard cesse déjà d'être comique et effleure les effets de la tragédie, parce que le jeu est une passion trop grave dans ses conséquences pour qu'elle soit ridicule. Mais que dire des choix de nos auteurs contemporains? Quels sont les sujets qu'ils affectionnent particulièrement? n'est-ce pas l'adultère, non du côté comique, ainsi que le prennent Boccace ou Molière, mais du côté grave? N'est-ce pas le désordre sous toutes ses faces, la banqueroute frauduleuse, l'escroquerie, l'enviable existence de la *bohême* artistique, la vie des courtisanes, et tout cela sous prétexte de prêcher la morale? « Mais, dira-t-on, chaque temps a ses mœurs, et partant son critérium particulier. Entretenir une maîtresse était encore une chose inavouable pour l'adolescent du temps d'Aristophane; on s'en vantait du temps de Ménandre. L'ambition d'un jeune homme, en 1830, était de devenir un jour grand orateur, grand homme d'État, grand écrivain; celle du jeune homme de 1860 est d'entretenir une danseuse d'opéra, de rouler carosse, et, pour refaire sa fortune, d'épouser une riche héritière, ou de faire une grosse spéculation à la bourse. Aujourd'hui, une morale équivoque a voulu réhabiliter le vice; les notions du bien et du mal se sont perdues, au point que personne ne sait plus distinguer la limite de la spéculation permise et du vol organisé, et l'escroc a la conscience pure. » N'en déplaise aux juges sévères de la société actuelle, notre temps n'est pas aussi mauvais. Je n'en veux pour preuve que l'insuccès de nos poëtes comiques, qui, loin de nous faire rire avec leur comédie de décadence, ou de nous y intéresser simplement, ont fini par nous ennuyer;

qui, au lieu de nous moraliser, ont réussi à scandaliser tout le monde. Quel est donc le spectateur qui n'est las de voir se promener sur la scène des artistes pleins d'admiration pour eux-mêmes, des courtisanes éhontées, des joueurs ruinés, dès libertins blasés, des pères qui vendent leurs enfants et des enfants qui trompent leurs pères, le tout sous prétexte de nous inspirer une salutaire horreur? Qui donc n'est las de voir les roués, revenus des illusions de ce monde, nous prêcher une morale de convention et de prudence, nous dire au plus, comme l'auteur pourrait souvent le dire lui-même : *Scio meliora proboque, deteriora sequor;* d'écouter les sages conseils des *Desgenais* stéréotypes? Le sentiment public ne s'est-il pas enfin révolté contre ce monde de corruption qu'on nous présente, et qui rappelle l'Athènes de Démétrius de Phalère? contre cette manie de faire du théâtre, tantôt un lupanar, tantôt un tripot, toujours, bien entendu, pour nous apprendre à fuir l'un et l'autre?

Le triste caractère de cette comédie, pitoyable au point de vue littéraire, dangereuse au point de vue moral, a deux sources : la première dans les mœurs, la seconde dans les théories de nos poëtes. Depuis que les auteurs dramatiques écrivent pour *faire de l'argent,* et tâchent de s'enrichir pour pouvoir rivaliser avec les *dandies,* ils ont abandonné eux mêmes la seule position qui permette de réussir dans la comédie : ils se sont placés au milieu de leur sujet, au lieu de se placer au-dessus. Je l'ai dit plus haut, en définissant aussi brièvement que l'exigeait la nature de ce travail, le principe de la comédie, l'esprit n'est comique et n'atteint son but qu'autant qu'il s'élève au-dessus de l'objet qu'il attaque. Un auteur qui irait perdre au jeu la somme que lui rapporte un sermon contre le jeu, ne saurait prétendre que son sermon nous édifie. Et quand même matériellement nos auteurs ne se rendraient pas coupables des vices qu'ils flétrissent, ne le font-ils pas moralement? A chacune de leurs phrases, on sent instinctivement que leur point de vue, leur manière de voir en toutes choses, leurs jugements, appartiennent à ce monde qu'ils peignent; et malgré soi, en écoutant nos Desgenais — on sait qu'ils sont les organes directs de l'auteur — on est tenté de penser au *quis tulerit Gracchos de seditione ferentes?*

D'un autre côté, aujourd'hui, comme du temps de Diderot, on semble s'imaginer que la comédie a mission de moraliser directement. Il n'y a pas d'erreur plus néfaste pour l'art, plus dangereuse pour la morale. Ce n'est pas le lieu ici d'approfondir cette question : il suffit de dire que la comédie est une forme de l'art, aussi bien que la peinture de genre, par exemple, et que, comme telle, elle n'a d'autre but que la reproduction idéale de la réalité. Nous ne venons pas plus au théâtre pour entendre des sermons que nous ne demandons une leçon de morale à une œuvre de la statuaire. Une comédie moralisante est comme de la peinture didactique : elle nous ennuie sans nous rendre meilleurs; et il me semble qu'en montrant la *Vie du Vaurien* ou les *Progrès de la courtisane,* Hogarth ne réussit pas plus à convertir des pécheurs, que M. Ponsard ne guérit de la passion du jeu par sa comédie de *la Bourse;* tandis que la lecture de l'*Iliade,* ou la contemplation de la Vénus de Milo, en élevant notre âme, la purifient et l'anoblissent sans la choquer. C'est que l'art n'a d'autre mission que de nous montrer en image, c'est à dire au moyen des sens, ce que la philosophie nous révèle par la pensée, la religion par le sentiment, à savoir : la vérité générale, éternelle des choses, ce que Platon appelait les *idées*. C'est la contemplation de cette vérité idéale qui nous rend meilleurs, parce qu'elle nous élève au-dessus de ce qui est particulier et accidentel à ce qui est général et éternel, parce qu'elle fait taire les passions et les désirs qui tendent à la possession ou

à la jouissance des objets, parce que, tout en s'adressant à
nos sens, elle nous éloigne de ce qui est sensuel. De là la
chasteté de l'art. Cette chasteté qui est au fond d'Aristophane,
de Shakespeare, de Molière, malgré des rudesses de forme,
voilà ce qui fait défaut à notre comédie moderne; et cette
absence de chasteté qui nous blesse n'est que la conséquence
de cette fausse théorie de la comédie moralisante (1).

Si vous voulez guérir notre génération de ses vices honteux,
faites-les lui oublier au lieu de les lui étaler, habituez-la à
diriger ses regards sur d'autres objets. Notre société offre
bien assez de ridicules que vous pouvez livrer à la risée
publique, pour que vous n'ayez pas besoin de nous introduire
dans la corruption de notre *demi-monde*. Pour ne pas citer
des chefs-d'œuvre, pour rester dans les limites de ce qu'il
est permis d'atteindre au talent sans le génie, le succès de
Mademoiselle de la Seiglière prouve bien que le public
s'intéresse encore à autre chose qu'aux aventures d'une
lorette et aux infortunes d'un agent de change.

VIII

Des conditions défavorables au développement de la comédie en France.

C'est ici que nous touchons aux conditions défavorables
au développement d'une bonne comédie chez nous. Elles

(1) Je n'insiste pas davantage. L'espace et la nature de ce travail
ne me permettent pas d'approfondir les questions d'esthétique que
soulève cette allusion à la nature de la comédie, laquelle est pour
ainsi dire un art négatif, dévoilant ce qui est éternellement faux et
laid, comme l'art positif montre ce qui est éternellement vrai et bien.
Ils ne me permettent pas davantage d'appuyer sur une question
d'éthique, à savoir si cette morale même que prêchent si complai-
samment les comédies du jour, si cette morale de convention et de
prudence n'est pas précisément ce qu'il y a de plus opposé à toute
saine moralité.

sont moins nombreuses que les éléments propices à ce développement et que je viens d'énumérer; peut-être sont-elles plus graves. En tous les cas, elles ont des racines plus profondes, ou, pour parler plus exactement, une racine plus profonde; car nous allons voir qu'elles remontent toutes à une même cause, l'absence de vie politique. Il m'avait semblé que la comédie ne pouvait arriver à un certain épanouissement qu'à des époques d'une civilisation assez avancée, et cependant éloignées encore de la décadence; et nous avons vu que sous le rapport littéraire et intellectuel, notre époque, quoi qu'on en dise, répondait assez à ces exigences. Certes, le goût du grand public est grandement perverti; mais quelle est l'époque à laquelle il ne le fut pas? Sans doute ce qui est simple, grand et vrai, ne trouve guère que des admirateurs isolés; mais n'en a-t-il pas toujours été ainsi? Et, je le répète, on ne peut appeler époque de décadence littéraire un temps qui a produit des écrivains tels que plusieurs de nos contemporains : on ne saurait accuser de mauvais goût la génération qui a créé, pour ainsi dire, la critique littéraire dans ce pays.

Peut-on en dire autant de l'état moral? Sommes-nous ou ne sommes-nous pas en décadence morale? A dire la vérité, je crois que nous n'en sommes pas éloignés. Partout où nous jetons les yeux, les symptômes de ce mal affreux frappent nos yeux : mœurs relâchées, goût du scandale, indifférence pour tout ce qui ne touche pas les intérêts, dépravation de l'imagination, ambitions que rien ne justifie, perturbation des notions du bien et du mal; la religion profanée, endossée comme un habit de convention, ou servant de voile à l'hypocrisie la plus cynique, au cas le meilleur, dégénérée en habitude et en routine; la simplicité et le naturel traités de ridicule et de pauvreté d'esprit, et, ce qui est pire que tout cela, la théorie morale qui nous reste, corrompue elle même à notre insu, se réduisant à des règles de conduite et de prudence, au lieu de puiser sa source dans la conscience humaine. Ne détournons pas les yeux de ce spectacle : il faut regarder le mal en face et le sonder pour pouvoir en trouver le remède; et ici en particulier nous devons nous pénétrer de l'influence de cet état de choses sur la comédie moderne.

La santé morale est la première de toutes les conditions pour une bonne comédie; et où trouverait-on de nos jours cette indignation morale, cette *haine vigoureuse* du mal, sans laquelle il n'y a pas de comédie? Est-ce dans le public, est-ce chez les auteurs dramatiques? Le poëte comique, par sa moralité personnelle, ou par l'élévation de son point de vue, ou par son génie, se place au-dessus des faiblesses qu'il raille; autrement, son comique ne touche pas. S'il vise au-dessus de lui, ses flèches retombent impuissantes; s'il frappe à côté de lui, il ne fait que se blesser lui-même. Il ne peut combattre que mollement ce qu'il ne hait pas vigoureusement; il ne peut rire de bon cœur que des faiblesses dont il se sent libre. L'indignation est la muse qui inspire la haute comédie, la supériorité de l'esprit celle qui inspire la comédie légère : on ne supporte pas un libertin flétrissant le libertinage, et un sot qui se moque de la sottise est lui-même un sujet de risée.

Et qu'on ne dise pas que le spectateur n'en sait rien. Le public, quel qu'il soit, a un flair merveilleux pour ces choses; il sent instinctivement qui a le droit et qui n'a pas le droit de flétrir et de railler. Il permet à Alceste de rire de l'auteur du sonnet à Phyllis; il ne le permettrait jamais à Trissotin. Toute la force du talent comique est là. Lui-même, supérieur à ce qu'il attaque, il nous élève, nous spectateurs, à sa propre hauteur. Comment, celui qui est au-dessous de nous pourrait-il nous élever?

Mais ici se présente l'autre face de la question. Rien ne prouve qu'un grand génie comique ne puisse naître de nos jours; et par cela même qu'il serait grand génie, il se trouverait placé au-dessus de notre génération et intact de la corruption générale. Mais ce génie trouverait-il un public qu'il pût élever jusqu'à lui? rencontrerait-il dans ce public des principes assez sûrs qui lui permissent de se reconnaître momentanément et de se condamner, de voir ses travers et d'en rire? Un grand talent comique ne frapperait-il pas en vain? Y aurait-il en nous ou parmi nous une voix pour lui répondre?

La question vaut bien la peine qu'on la médite. Il est incontestable que le mal social est grand et général; mais il est aussi certain qu'il y a encore quelques fibres généreuses, vraies, saines, qui battent au milieu de la pourriture générale, faiblement il est vrai, mais elles battent, et le poëte comique y trouverait un point d'appui d'où il pourrait reconquérir le terrain perdu. Je n'en veux pour preuve que le dégoût même qu'une partie du public éprouve pour la comédie à la mode et pour le demi-monde qu'elle représente. Et si aujourd'hui le poëte avait la hardiesse de « peindre d'après nature, » comme dit Molière, et « de rendre agréablement sur le théâtre les défauts de tout le monde; » s'il osait attaquer les engouements du moment; si, au lieu de la glorifier, il flétrissait la *bohême* de l'art et des lettres; s'il mettait à nu l'ineptie de nos « grands hommes », ou la pauvreté de nos « brillantes » réputations; s'il portait impitoyablement sur la scène nos grands écrivains, organisant la *réclame* à défier le charlatan de foire; s'il riait de la littérature pompeuse et guindée que personne n'ose ne pas admirer; s'il flagellait un peu nos hommes aux grands principes *humanitaires*, aux idées *généreuses;* s'il raillait nos patriotes toujours satisfaits, nos bienfaiteurs du genre humain, nos niveleurs insatiables, nos défenseurs pathétiques du droit *nouveau,* nos belliqueux apôtres de la Révolution et de la civilisation; s'il défendait avec verve la société contre les attaques creuses et emphatiques qu'on accumule contre elle; et s'il découvrait l'inanité des idoles du temps, ne trouverait-il personne qui voulût rire avec lui? S'il montrait spirituellement notre monde politique et notre monde religieux; s'il montrait nos noms historiques s'alliant au trafic heureux; s'il montrait, en un mot, ou s'il pouvait montrer, comme Molière le put, malgré le despotisme, la vraie société du temps, n'y aurait-il pas quelques voix dans le public pour répondre à la sienne? Si Aristophane trouva, dans une génération qui ne jurait que par Euripide et Gorgias, des rieurs pour applaudir les *Grenouilles* et les *Nuées,* le poëte comique de nos jours, je m'en assure, rencontrerait bien dans l'auditoire un écho qui répondrait à sa voix, flétrissant nos goûts les plus enracinés, nos sympathies les plus invétérées, nos ridicules les plus intimes.

D'ailleurs, c'est moins encore en offrant des thèmes à la verve comique, — bien qu'elle en offre sans contredit les meilleurs, — c'est plutôt en épurant l'atmosphère sociale tout entière que la vie publique serait salutaire à une régénération de la scène. Or, c'est là ce qui arriverait sans nul doute; car, à le bien considérer, le mal dont notre société est travaillée me semble plutôt accidentel que nécessaire et définitif. Il est vrai que toute action est réciproque, et que si l'état de choses public produit un certain affaissement moral, c'est l'affaissement moral qui a été la cause première de l'état de la vie publique. Mais, enfin, il y a remède, tant que le mal est aussi clairement reconnu qu'il semble l'être de nos jours. Qui ne voit, en effet, qu'il n'y a qu'un seul moyen pour guérir l'état moral du pays, et que ce moyen est le rétablissement de la vie publique?

Là, en effet, est la source à laquelle remontent tous les

inconvénients que j'ai signalés et tous ceux que j'aurai encore à signaler. Le corps social est malade : rendez-lui la liberté de ses mouvements; donnez-lui le grand air, et vous le guérirez plus sûrement et plus aisément que par toutes les médecines et tous les sermons que vous lui administrez.

La vie publique étant fermée à notre génération, elle dépense ailleurs ses forces vitales. Il y a les nobles ambitions qu'éveille l'activité publique; il y a les basses ambitions, qui ne flattent que l'amour-propre personnel, et qui se développent à merveille dans le marasme des esprits. La vanité mesquine, le goût des spectacles brillants, le luxe d'imitation et d'apparence, la passion des jouissances grossières, l'amour du commérage et de l'anecdote scandaleuse, la curiosité indiscrète, la soif de l'argent, comme du seul moyen pour arriver à la notoriété, — tous ces maux caractéristiques de notre temps disparaîtraient, comme par enchantement, au grand jour de la liberté.

Quoi qu'on en puisse dire, après la religion, l'intérêt le plus puissant de l'homme, en dehors des intérêts personnels, sera toujours la chose publique. Jamais la science, jamais l'art n'exerceront une influence aussi générale sur les esprits. Les savants et les artistes seront toujours le petit nombre, tandis qu'il n'y a guère personne qui ne prenne part à la chose publique, s'il lui est permis d'y prendre part. — Or, tout intérêt général, quel qu'il soit, qui nous détourne un peu de notre personnalité et de la misère des petites curiosités et des petites préoccupations, est une chose saine, fortifiante. L'acteur et le spectateur, dans les luttes pacifiques de la vie publique, grandissent également, gagnent également en vigueur et en santé. Aucune ambition, en effet, n'est en même temps plus juste et plus salutaire que l'ambition politique dans un État libre, parce qu'aucune ne justifie ou ne condamne avec autant de promptitude les prétentions de celui qui aspire à la satisfaire. La lutte continuelle qu'il essuie; la surveillance de tous les instants qu'il subit; la responsabilité personnelle, qui est constamment en jeu; la position défensive vis-à-vis des attaques qui viennent de toutes parts, et, par cela même, l'exercice perpétuel de tous les ressorts de l'esprit et du caractère, ou doublent les forces morales et intellectuelles de l'individu qui descend dans cette formidable arène, ou le brisent aussitôt, si rien ne justifie sa témérité. Cet anéantissement immédiat de toutes les petites ambitions, cette justice sommaire faite de toutes les médiocrités qui veulent se hausser, sont au plus haut point utiles à la moralité sociale aussi bien qu'à la moralité individuelle. Sous le contrôle incessant de l'opinion publique, de la tribune et de la presse, l'individu est obligé à ne proposer que des buts honnêtes et avouables à son ambition. La société, de son côté, en surveillant elle-même et en jugeant ceux qui se chargent de la diriger, gagne en dignité et en intelligence. Un peuple traité en mineur, déclaré incapable d'assister seulement à la gestion de ses affaires, empêché de satisfaire ouvertement ses besoins, soit d'ambition, soit de curiosité, essaie de les satisfaire d'une façon indirecte et cachée. L'ambitieux tente de parvenir au moyen de l'intrigue ou de la servilité, parce qu'il ne peut parvenir en déployant publiquement les qualités de son intelligence et de son caractère. Le curieux ne pouvant demander compte à son délégué, écoute aux portes, épie tout le monde, consulte le valet de chambre. De là cette plaie des pays qui sont privés de libertés publiques : la manie du scandale, l'indiscrétion avec laquelle on essaie de pénétrer derrière les coulisses ou dans la vie privée des hommes qui jouent un rôle. De là la passion des jouissances matérielles, destinées à faire oublier les jouissances élevées que donne l'activité publique; les émotions du jeu, qui prennent la place des nobles émotions du forum. De là le désir de se faire remar-

quer, non par le mérite, mais par le luxe; de parvenir, non
à la gloire, mais à la fortune; non d'agir, mais de jouir.

Telle la société, telle la comédie qui la reflète. Ce n'est
pas la faute de nos poëtes comiques si, en peignant notre
société fidèlement, ils ne produisent pas des tableaux qui
puissent nous enchanter. Mais, que la moralité générale gagne
par la vie au grand jour, que l'intérêt politique fasse un peu
oublier les petits intérêts personnels, que le scandale dispa-
raisse devant le puissant intérêt de la chose publique, la
comédie s'en ressentira aussitôt : elle abandonnera les petits
sujets de la vie vulgaire pour frapper des cordes qui vibre-
raient puissamment dans tous les cœurs : elle toucherait aux
grandes questions du temps; elle s'en prendrait aux grands
personnages qui sont en scène, — et comme les petits sujets
l'ont rapetissée, les grands sujets, je n'en doute pas, la gran-
diraient.

Mais, dira-t-on, cette atmosphère de la vie publique dans
laquelle vous voudriez retremper la société, n'existe-t-elle
pas dans d'autres pays? n'a-t-elle pas existé longtemps en
France, sans produire cependant cette comédie plus élevée,
plus saine, que vous voudriez voir renaître ici? Cela est vrai;
mais je prie de ne pas oublier que je ne me suis jamais
proposé de prouver quelles circonstances extérieures pro-
duiraient de grands génies comiques; que je me suis borné à
examiner dans quelles circonstances un grand talent comique
pourrait donner essor à son génie. — Aujourd'hui, comme
du temps de Platon, « beaucoup prennent le thyrse, mais
peu sont inspirés par le Dieu; » mais si l'un d'eux était inspiré
par le Dieu, les circonstances lui permettraient-elles de donner
libre cours à ses inspirations? Voilà la question importante.
Si Aristophane et Molière venaient au milieu de nous, je doute
qu'ils fussent ce qu'ils ont été de leur temps. Mais supposez
que M. Scribe eût reçu de la nature le génie de Molière, le

milieu dans lequel il s'est produit lui aurait été très favorable,
je crois. La comédie de Scribe, en effet, n'est-elle pas le
tableau fidèle de la France d'il y a vingt ans? N'est-ce pas
toujours et partout la dynastie de Juillet que nous voyons
au dessous des costumes qu'il emprunte à d'autres temps et
à d'autres pays? Qu'est-ce que Bolingbroke, qu'est-ce que
Bertrand, si ce n'est des ministres de 1830? Quelle est la
pièce où nous ne rencontrons le préfet ou le député? Supposez
que ces charmantes comédies, au lieu d'être écrites par un
talent facile, mais sans grande portée morale ni littéraire,
aient été composées par un génie semblable à celui d'Aristophane : douteriez-vous qu'elles pussent rivaliser avec les
Chevaliers ou les *Acharniens?* Le grand intérêt qu'elles nous
ont inspiré, malgré leur médiocrité relative, n'en est-il pas
la meilleure preuve, puisque cet intérêt était surtout dans le
rapport qu'elles offraient avec la vie publique du moment?

C'est donc dans cette absence de liberté publique que je
persiste à voir le principal obstacle au développement d'une
comédie supérieure au milieu de notre société; car n'a-t-elle
pas, en dehors de cette condition, tous les éléments
qu'exige ce développement? Où est le peuple qui ait un sentiment national plus vivace, plus d'unité, une plus grande
centralisation? Quel est l'État dont le gouvernement soit plus
identifié avec le génie de la nation et avec toutes ses tendances? plus directement issu du peuple, et partant plus
directement solidaire avec lui? Quel est le pays dans lequel
on rencontre une société aussi nettement, aussi parfaitement
établie? L'état de la littérature contemporaine n'offre-t-il
pas, à côté de tristes écarts qui prêteraient précisément à la
muse comique, des modèles de style qui pourraient être heureusement imités? Le théâtre, en particulier, n'a-t-il pas
fait des progrès matériels et techniques très considérables,
tout en restant fidèle aux traditions nationales et à son origine

7

populaire? Ce n'est donc guère que l'absence d'esprit public et d'une certaine santé morale qui fait défaut; et qui peut douter que si la. liberté venait se joindre à tous les autres avantages dont jouit le pays, ces deux inconvénients ne soient instantanément écartés?

J'ai observé, il est vrai, que la comédie ne se produisait d'ordinaire chez les nations qu'au moment où une ère de luttes intérieures et extérieures venait d'être heureusement close, et où commençait à luire l'aurore d'une époque nouvelle. Mais cette heure-là n'aurait-elle pas aussi sonné pour la France au moment où se rétablirait la liberté publique? Voilà plus de soixante-dix ans que la nation traverse une suite de crises qui, à les voir dans leur ensemble, n'en forment qu'une seule : la crise d'où doit sortir la France moderne. Combien de fois n'a-t-on pas cru être au terme de ces révolutions, et combien de fois ne s'est-on pas trompé! Ah! si après les vingt-cinq années de guerres glorieuses et de réformes sociales qui ont rempli la fin du siècle dernier et le commencement de celui-ci, la France avait été victorieuse au lieu d'être vaincue; si alors elle s'était donné un gouvernement national au lieu d'en accepter un qui, tout français qu'il était, avait le malheur de venir à la suite de l'étranger, — ce moment, où les acquisitions de la Révolution devaient s'allier à la liberté et se consolider, aurait pu être l'heure propice qu'appellent tous les vœux. Mais cela ne fut pas : et la France, mise dans la nécessité d'opter entre les principes modernes et les principes anciens, dut de nouveau se jeter dans les hasards de la révolution. Aujourd'hui que le pays a reconquis une place respectée, redoutée même en Europe; qu'il a effacé de son histoire les pages qui semblaient humilier sa fierté nationale; aujourdhui qu'ont été obtenues tant de choses que, à tort ou à raison, la Révolution se proposait : principe populaire du gouvernement, égalité civile, soumission de l'Église à l'État, liberté des cultes, organisation unitaire enfin et conforme aux principes que professe la nation, de la justice, de l'instruction publique et de l'administration ; aujourd'hui, il ne manque plus à la France que la liberté publique pour qu'elle puisse se vanter d'être arrivée à ce moment culminant où, après de longues années d'efforts, de luttes glorieuses et de rudes épreuves, elle aurait atteint le but qu'elle s'était proposé au début de cette carrière agitée : alors elle aurait le droit de se comparer à l'Athènes d'après la guerre des Perses, à l'Angleterre d'après la défaite de l'*Armada,* à l'Espagne d'après la victoire de Lépante, à la France d'autrefois enfin, à la France d'après Rocroy ; alors aussi la littérature prendrait sans doute un essor pareil à celui qu'elle prit à ces grandes époques ; alors, bien certainement, la bonne comédie serait aussi possible en ce pays, et de nos jours, qu'elle le fut, il y a deux mille ans, sous le ciel de la Grèce.

IX.

De la forme probable de la bonne comédie future en France.

Toutefois, n'oublions jamais que toutes ces conditions favorables au développement de la comédie, les unes existant, les autres faisant encore défaut, ne suffiraient pas pour nous donner une nouvelle comédie classique, si la Providence ne nous accordait en même temps un génie ou des talents comiques remarquables. En tous temps, au milieu même des circonstances les plus propices, s'il faut en croire Aristophane, « la Muse comique n'accorde ses faveurs qu'à un petit nombre de ceux qui la courtisent. » Mais si ces conditions ne sauraient créer ni le génie, ni même le talent, elles leur permettraient de se développer et de se produire ;

elles feraient plus : elles leur imposeraient l'esprit général qui domine notre époque, le caractère particulier qui distingue la nation française, la forme enfin qu'exigent notre civilisation et nos habitudes. En d'autres termes, qu'un talent de premier ordre vienne à se révéler sans qu'aucun obstacle l'entrave, il lui restera toujours le caractère national, qui le distinguera de Shakespeare ou de Calderon; l'esprit du XIXe siècle, qui ne permettra pas de le comparer à Molière; une forme, enfin, qui lui sera particulière. Sous le rapport de cette forme, il est possible, il est même fort probable que ce talent à naître serait supérieur à ceux que le monde admire; il dépendrait de la force poétique de son génie de leur être égal sous le rapport de l'invention, de la création, du style et de l'esprit.

Cette forme nouvelle de la comédie que j'ose prédire, quelle serait-elle? et la jugerait-on préférable à celles que nous connaissons déjà? En résolvant la première de ces questions, je donnerai une réponse affirmative à la seconde. Je crois que cette forme sous laquelle la comédie sera dorénavant obligée de se présenter, sera forcément une réunion, ou, pour mieux dire, une fusion éclectique de toutes les formes incomplètes dont nous avons l'expérience. Mentalement, nous comparerions toujours ce qu'on nous donnerait à ce que nous connaissons, et, presque malgré nous, nous exigerions du poëte contemporain de nous rappeler chacune des qualités principales dont le souvenir vivant nous est resté. Voilà ce que ne devra jamais oublier quiconque voudra se charger désormais de « l'étrange entreprise de faire rire les honnêtes gens. »

En effet, l'auteur futur pourrait-il nous offrir la simple farce? Il est possible qu'en Italie, la bonne comédie naisse encore de cette forme naïve, car elle y est encore pleine de vie; mais en France, où elle est morte depuis longtemps, où il faudrait créer artificiellement ce genre, le plus spontané qu'il y ait; en France, où Gros-René et Scapin ne vivent plus que grâce au génie de Molière; où une société raffinée, j'allais presque dire artificielle, exige un intérêt moral dans la comédie, je crois que la véritable *Farce,* également populaire dans toutes les classes de la nation, est devenue impossible. L'habitude que nous avons et le besoin que nous éprouvons de trouver une satisfaction plus élevée au théâtre, nous en lasseraient vite certainement; mais nous voudrions, sans doute, que notre poëte en conservât la verve et le naturel.

Quant à l'ancienne comédie attique, qui est un phénomène tout à fait isolé, qui n'eut jamais de rivale nulle part, vouloir la ressusciter sous un autre ciel, au milieu d'un autre peuple, dans une civilisation complètement différente, serait une tentative aussi présomptueuse qu'absurde et impuissante (¹); car la comédie véritablement nationale doit jaillir spontanément de l'inspiration populaire, et une forme littéraire aussi spéciale ne peut convenir qu'à un seul peuple et à un seul temps. — Même en retranchant la forme extérieure, telles que masques et chœurs, cordax et parabase, à n'en examiner que

(¹) Et cependant cette tentative a été faite de nos jours au delà du Rhin, dans le pays dont les conditions de vie étaient plus éloignées peut-être que celles de toute autre contrée d'Europe de l'état d'Athènes au Vᵉ siècle. L'épreuve fut concluante. Avec beaucoup de facilité et non sans verve comique, le comte Platen dirigea deux comédies littéraires, dans le goût des *Grenouilles,* contre le groupe de poëtes tragiques désigné en Allemagne par le nom d'*école fataliste.* Prutz, également un écrivain du plus grand mérite, essaya de faire revivre la comédie politique d'Aristophane, et y échoua malgré tout son talent, sa hardiesse et son esprit. Rien n'avait cependant été négligé dans ces pièces; on y avait ressuscité chœur et parabase, tétramètres trochaïques et anapestes. Mais les comédies de Platen et de Prutz ne sont jamais devenues nationales; malgré des sujets on ne peut plus actuels, elles sont restées un plaisir raffiné de savants et d'hommes de lettres.

le fond, la comédie athénienne a été le produit de circonstances qui ne peuvent absolument pas se renouveler. Une vie
publique, tant politique que littéraire, très animée; une
démocratie réelle, où le dernier homme du peuple était au
courant des événements de la politique et de la littérature;
un État très petit, très restreint localement, où tous les
hommes de quelque notoriété étaient connus personnellement
de chacun; une liberté illimitée; absence de journalisme et
de littérature critique ou satirique. Comment peut-on songer
à retrouver jamais quelque part le concours de ces circonstances? Et s'il est impossible de le retrouver, comment peut-on
imaginer un genre de comédie analogue à l'ancienne comédie
attique? Aristophane lui-même, on peut l'assurer hardiment,
s'il reparaissait aujourd'hui au milieu de nous, c'est dans la
presse qu'il se produirait. Et peut-être nous viendra-t-il un
jour, ce grand journaliste conservateur qui créera un *Cha-
rivari* immortel, dans lequel il flagellera nos hommes d'État
et nos poëtes, nos philosophes et nos savants, nos femmes à
la mode et nos Lamachus empanachés, notre enseignement
mécanique et notre hypocrisie religieuse, nos modernes expé-
ditions de Sicile et notre littérature de haut goût, tout comme
le grand comique flagella les hommes et les choses de son
temps. Il en est du théâtre comme de l'éloquence populaire:
ils ont perdu leur importance, comme moyens d'action et
comme éléments de vie publique, depuis la création des
grands États, l'invention de l'imprimerie et la scission des
peuples en classes cultivées et classes inférieures, scission si
intimement connexe avec la nature du progrès, qu'elle était
inévitable; car avec le développement de l'industrie et les pro-
portions nouvelles de la science, l'une et l'autre exigeaient
une culture spéciale et exclusive. La civilisation démocratique
d'Athènes est devenue chose impossible. La parole parlée a
donc cédé la place à la parole écrite, dans nos États si éten-

dus; la presse a remplacé le *Pnyx* et le théâtre; au lieu de peuples, nous avons des classes *éclairées*.

J'ai dit les raisons matérielles et philosophiques qui rendraient impossible sur la scène moderne la comédie aristophanesque. Mais celui qui a goûté le grand poëte attique demandera certainement au comique moderne de toucher, comme lui, aux grands intérêts publics, parce qu'il sait qu'ils offrent le champ le plus fertile à la saine et bonne comédie.

Essaiera-t-on de la comédie féerique à la Shakespeare, ou seulement à la façon de Legrand ou de Gozzi? Cette comédie fantastique sera-t-elle jamais goûtée en France? Je ne le crois pas. Un reflet de son merveilleux pourra éclairer la comédie réaliste, ainsi que nous le voyons dans les admirables pièces d'Alfred de Musset; mais le fonds de l'esprit français est trop positif, trop sobre, trop plein de bon sens, trop amateur de lignes nettes et claires, trop contraire à la rêverie fantastique, surtout à notre époque de matérialisme, pour que pareil genre puisse jamais réussir sur la scène française. Les tentatives de Nodier, de M. Théophile Gauthier, — je ne nommerai point tous les sectaires de l'*école fantaisiste*, — ont prouvé que le caractère français est antipathique à cet élément, même sous la forme de la nouvelle et du roman, à plus forte raison sous celle du drame.

Ou, faut-il croire que les *fantaisistes* français auraient pu réussir, s'ils avaient été moins factices et plus spontanés; s'ils avaient, comme Arioste et Shakespeare, limité les droits de la fantaisie au costume, au lieu de l'étendre à la nature humaine; si, comme eux, ils avaient été poétiques et naturels dans leur invention, au lieu d'être outrés et recherchés? J'avoue que je ne suis point de cet avis. Quand même l'esprit français serait, de sa nature, porté vers ces royaumes de l'imagination, notre époque, certainement, est peu faite pour encourager les êtres légers et éthérés de la

comédie fantastique à descendre sur nos planches prostituées
par des courtisanes éhontées, et à mêler leurs voix mysté-
rieuses au jargon de nos *coulissiers*. L'épreuve n'a-t-elle pas
montré que cette forme est antipathique au génie français,
et ne faut-il pas tirer profit de cette expérience? Mais le
charme inimitable qu'une fantaisie tempérée, une liberté
d'imagination un peu plus grande que celle à laquelle nous
sommes habitués, prêteraient au théâtre comique, tout le
monde a pu le connaître et goûter dans les inimitables comédies d'Alfred de Musset. C'est là, je crois, qu'il faudrait chercher et étudier les limites extrêmes jusqu'où le poëte comique
pourrait porter les droits de la fantaisie sans blesser le goût
français. Il apprendrait à donner à notre comédie un charme
de plus, qui lui a manqué jusqu'à présent : le charme de la
poésie. Telle, en effet, est la puissance de ce charme poétique
chez Alfred de Musset précisément, qu'en nous ravissant et
en nous enivrant, il nous fait oublier les défauts mêmes, dont
il serait facile, sans doute, de compter un grand nombre dans
ces petites œuvres gracieuses et spirituelles.

Restent la comédie d'intrigues et la comédie à caractères.
C'est la réunion de ces deux formes, je crois, qu'imposerait
absolument le public français du XIX⁰ siècle au poëte futur
qui prétendrait au titre de *classique*. Sans doute il irait jusqu'à le déclarer accompli, s'il y ajoutait la verve de la farce
populaire, l'intérêt public de la comédie attique, la poésie
de la comédie fantastique; mais il n'exigerait peut-être pas
impérieusement ces trois qualités : tandis que l'intrigue
et la peinture des caractères lui sembleraient, si je ne me
trompe, absolument nécessaires.

L'intérêt, en effet, qu'éveille et que soutient une intrigue
habilement nouée, nous est devenu, pour ainsi dire, indispensable, et l'on pourrait soutenir que le *Misanthrope* lui-
même ne trouverait peut-être pas grâce devant notre public,

si exigeant sous ce rapport, s'il venait d'être écrit aujourd'hui. Notre curiosité demande à être vivement excitée, à être tenue en haleine constamment : une attention toujours en suspens est pour nous, intellectuellement, ce que les mets épicés nous sont matériellement. Notre tempérament, un peu affaibli et amolli, a besoin d'émotions fortes, presque violentes. L'intrigue dans la comédie est pour le spectateur quelque chose d'analogue aux émotions du joueur, et nous sentons tous le besoin de ces émotions quand nous allons au spectacle. Partout, d'ailleurs, dans le roman aussi bien que sur la scène, l'intrigue a pris une si grande extension, que nos habitudes sont prises à cet égard, et qu'il nous est presque impossible de nous en passer. Je ne crois pas que nous donnerions au Molière futur la permission de moins exciter notre curiosité que M. Scribe ou M. Alexandre Dumas. Du reste, cette exigence du public a son très bon côté : une intrigue bien nouée et qui tend puissamment notre attention suppose forcément une composition soignée, et aucun aristarque ne se plaindra de cette qualité sous prétexte qu'Aristophane et Molière n'ont pas toujours pu s'en vanter.

D'un autre côté, ce qui s'oppose précisément à ce qu'on puisse qualifier de genre littéraire et classique la comédie d'intrigue, si charmante au XIXe siècle, — celle justement de M. Scribe, de M. Alexandre Dumas père, — c'est, sans doute, le peu de soin avec lequel elle est généralement écrite; mais c'est surtout la légèreté dans le dessin des caractères. Si la comédie veut faire plus que nous distraire, il faut qu'elle ait une portée morale : ce qui ne veut pas dire qu'elle fasse de la morale. La portée morale de l'art en général et de la comédie en particulier consiste à ne pas s'arrêter à la surface des choses, à pénétrer les hommes et à en montrer le fonds caché; de ne pas nous donner les traits seulement, comme le photographe, mais d'en deviner l'âme et de nous la montrer, comme fait le peintre véritable. Descendre jusqu'au fond de notre état social et le représenter tel qu'il se montre à son œil scrutateur; voir ce qui est clos à l'œil du vulgaire; rendre voyant le vulgaire lui-même; en un mot, révéler le fonds intime, éternel, seul vrai, des choses, des hommes, des passions, — voilà ce qui est la mission, voilà ce qui est la qualité distinctive du poëte. C'est en ce sens qu'Aristote disait de lui, qu'il était plus vrai que l'historien qui, lui, ne raconte que la réalité apparente. C'est là, dis-je, ce qui seul distingue, dans l'œuvre la plus humble et la plus petite comme dans la plus grande, le vrai poëte du poëte du jour, qui nous amuse aujourd'hui et que nous oublions demain, parce qu'au lieu de nous peindre le fonds qui ne change pas, il ne nous a peint que les formes et les couleurs, le costume et les modes, qui varient sans cesse.

Or, dans la comédie, c'est la peinture des caractères seule qui satisfait ce désir noble et élevé que nous avons tous de connaître le fonds éternel sous ses formes multiples. Il ne faut pas chercher ailleurs la raison pour laquelle la comédie amusante ne nous procure qu'une satisfaction si passagère, tandis que la grande comédie, celle de Molière par exemple, devient comme une révélation constante dans laquelle nous étudions l'humanité aussi bien et mieux que dans la vie réelle.

Ajoutez à cela que l'esprit français et la société française semblent presque expressément organisés pour l'étude et pour la peinture des caractères. Il s'y livre comme un combat sans trêve et sans fin entre la vanité et l'intelligence : tout le monde joue un peu la comédie, et personne ne s'y laisse prendre; on éprouve le besoin de *poser,* et on ne se dissimule pas que le voisin pénètre aussi bien votre *pose* que vous pénétrez la sienne. Le bon sens, qui ne se laisse point imposer par les apparences, n'empêche pas le Français de s'entourer de ces apparences mêmes pour échapper à des regards qu'il sait parfaitement ne pouvoir tromper. Cette finesse et ce goût de paraître ne le rendent-ils pas particulièrement propre et à écrire la comédie et à en devenir le sujet?

D'ailleurs, toute la vie moderne, et la vie française en particulier, semble plus faite pour la comédie mêlée d'intrigues et de caractères, que ne l'ont été la vie et la société antiques. D'abord elle est plus artificielle; puis le juste milieu qu'elle tient entre la vie en plein air des anciens et des méridionaux d'un côté, et la vie toute intime et toute domestique, pour ainsi dire, de la famille anglaise ou allemande de l'autre, n'est-il pas le vrai terrain pour la comédie d'intrigues? Les classes, si diverses de culture et d'intérêt, et pourtant si rapprochées par la loi, qui composent la démocratie française; le rôle, si important dans cette société, du beau sexe, également éloigné de l'état d'infériorité morale où il se trouvait dans l'antiquité, et de la position tant soit peu surhumaine et sublime où le placent les mœurs anglaises et américaines *(woman-worship)*, tout cela donne ample matière à l'étude des caractères et au jeu de l'intrigue. Pour ne prendre que le dernier de ces faits, combien les sentiments plus élevés qu'inspire la femme française ne créent-ils pas de rapports inconnus aux anciens? Combien son intervention active dans la vie sociale ne fournit-elle pas de situations ignorées des Anglais, par exemple, et des Américains? Il en est de même des gradations qui existent entre les diverses classes, assez marquées pour établir des contrastes, mais non suffisamment tranchées pour détruire toutes relations entre riche et pauvre, bourgeois et noble, maître et serviteur.

Chaque nation et chaque temps, nous venons de le voir, a produit son genre propre de comédie; des génies supérieurs y ont parfois ajouté, comme qualités secondaires, les éléments principaux des autres genres, mais le fonds en est toujours resté national. Ainsi, le genre comique propre à la France

me semble être la comédie à caractères, et cependant, pour
les habitudes théâtrales de nos jours, une intrigue animée
et vraisemblable est presque devenue indispensable, et la
comédie à caractères pure n'existe plus, pour ainsi dire. Mais
ne pourrait-on la mêler heureusement ou la donner pour
base à d'autres genres? De cette fusion, la littérature étrangère
nous offre des modèles, sinon à imiter, du moins à étudier.
On peut prendre et apprendre de l'étranger, mais ce n'est
qu'à la condition que l'on reste soi.

Le *Marchand de Venise, Comme il vous plaira, Ce que
vous voudrez,* la *Méchante mise à la raison,* et tant d'autres
comédies de Shakespeare; le *Secret connu, Dame Démon,
Maison à deux portes,* de Calderon, — sont des exemples
curieux et heureux de ce mélange de divers genres dont le
fonds reste toujours la comédie nationale. Comme dans ces
pièces, des aventures merveilleuses, mais possibles, pourraient rappeler parfois les féeries, tandis que les hardiesses
de langage feraient penser à Aristophane; le parfum poétique
d'un vers presque lyrique, plus souvent la complication de
l'intrigue, nous tiendraient sous le charme, et prêteraient à
un genre, un peu froid de sa nature, une vie et une grâce
pleines de séduction.

Le besoin donc que nous éprouvons d'une jouissance
morale, élevée, raffinée, si l'on veut; le caractère intrinsèque
de toute œuvre de haute poésie; la nature de l'esprit français
et celle de la société française; la variété des types et des
sentiments qu'elle offre, — tout semble nous inviter à cultiver
la haute comédie, celle dite *à caractères.* D'un autre côté,
nos habitudes de théâtre et de lecture, le tempérament de
l'esprit moderne, l'organisation de notre société, exigent que
la peinture des caractères ne se produise que dans le cadre
de la comédie d'intrigues. Que le grand poëte à naître et les
talents de second ordre qui se produiront à son ombre y

ajoutent toutes ou quelques-unes des qualités distinctives des autres genres comiques, rien de mieux; qu'ils réunissent la verve de la comédie populaire et le parfum poétique de la comédie *fantaisiste;* qu'ils joignent surtout l'intérêt public, tel que nous le voyons dominer chez Aristophane, à la fusion des deux genres principaux, — tout le monde les approuvera; cet élément politique surtout, ou, pour mieux dire, public, contribuerait puissamment à relever la littérature comique, j'en suis assuré; mais le fonds de la comédie de l'avenir, je n'en doute pas, sera la peinture des caractères dans la forme de la comédie d'intrigues : un genre entre celui de Molière et celui de Calderon.

X

Résumé et conclusion.

J'ai essayé de déterminer le sens exact que, selon moi, il faut donner à l'expression de *bonne comédie;* j'ai tenté de caractériser en quelques mots chacune des diverses formes que la comédie a affectées, et de poser le principe qui leur est commun à toutes, pour tirer de la nature même du genre les conséquences qui devaient me permettre d'établir les conditions intrinsèques nécessaires au développement de la comédie. Examinant ensuite l'histoire des nations européennes, de celles qui ont eu le bonheur de posséder une grande littérature comique aussi bien que de celles qui en ont été privées, j'ai cherché les diverses conditions, soit sociales, soit littéraires, au milieu desquelles ces littératures se sont développées. Ces conditions, tant celles qui sont inhérentes à la nature du genre comique que celles qui font partie de la vie morale et littéraire, sociale et politique d'un peuple, j'ai cru les trouver réunies à peu près toutes dans la société française du jour, et je me suis persuadé que celles

qui manquaient encore, la recrudescence de la vie publique
et politique les préparerait. Il m'a semblé cependant que ces
conditions, propres à influer considérablement sur les talents
comiques, étaient impuissantes à les créer, et j'ai pensé que
cette influence elle-même se bornait presque exclusivement
à la forme.

Partant de ce principe, et considérant attentivement l'état
de notre société, de nos mœurs, de notre littérature, de nos
précédents, de nos habitudes, j'ai cru pouvoir conclure que
cet état de choses imposera au poëte comique futur un genre
mixte, réunissant les deux formes de la comédie à caractères
et de la comédie d'intrigues; mais je me suis confirmé aussi
dans mon opinion, que ce poëte lui-même, l'état de choses
ne le produira pas. Car, ainsi que je l'ai dit au début de cette
étude, l'esprit humain, dans son essence, est indépendant de
la société; dans sa forme, il en relève toujours. Quant au
costume dont il se revêt, il ne saurait se soustraire à l'influence du milieu dans lequel il se produit; mais il ne faut
chercher qu'en lui-même la source dernière de sa force créatrice.

DU MÊME AUTEUR :

Dino Compagni, étude historique et littéraire sur l'époque de Dante, 1861, in-8°. 5f »

Histoire de la littérature grecque jusqu'au temps d'Alexandre le Grand, traduite de l'allemand d'Otfried Müller, annotée et précédée d'une Introduction sur la vie et les œuvres de l'auteur, 2 vol. in-8°. 15 »

EXTRAIT DU CATALOGUE.

ARTAUD, inspecteur gén. des études, vice-recteur de l'acad. de Paris, Fragments pour servir à l'histoire de la comédie antique. *(Epicharme, Ménandre, Plaute.)* Avec une préface de M. Guigniaut, membre de l'Institut, 1863, in-8°. 5f »

DESJARDINS (Ernest), professeur. Essai sur la topographie du Latium, accompagné de 6 planches de la voie Appienne, et d'une grande carte du Latium pour l'intelligence des auteurs latins : poëtes, historiens, orateurs, etc. 1854, in-4°. 10 »

Séparément : les 6 planches de la voie Appienne. In-4°. 5 »

— De Tabulis alimentariis. 1854. in-4°, avec 3 grandes planches. 10 »

— Comptes rendus des séances de l'Académie des inscriptions et belles-lettres publié par ERNEST DESJARDINS.

Prix d'abonnement pour l'année : Paris et départements 6 »

CE JOURNAL paraît tous les mois par numéro de deux feuilles in-8°.

Le prix de la collection formant déjà 6 vol. in-8° (années 1857 à 1862) est de : 36 »

Chaque volume se vend séparément.

EGGER (E.), membre de l'Institut. Mémoires de littérature ancienne, 1862. 1 beau vol. in-8°. 7 »

— Mémoires d'histoire ancienne et de philologie. 1863, 1 vol. in-8°, planches. 8 »

— *Le même ouvrage.* Papier vélin (tiré à 100 exemplaires dont une cinquantaine seulement livrés au commerce). 10 »

Voyez page 4.

EICHHOFF (F.-G.), correspondant de l'Institut. Poésie héroïque des Indiens comparée à l'épopée grecque et latine, avec analyse des poëmes nationaux de l'Inde, citations en français et imitation en vers latins. 6 »

FALLEX (Eug.), professeur de seconde au lycée Napoléon. Théâtre d'Aristophane, scènes traduites en vers français. 2ᵉ édition, considérablement augmentée et suivie de la traduction complète du Plutus. 1863, 2 beaux vol. gr.-in 18 jésus. 7 »

NAUDET, membre de l'Institut. De la noblesse et des récompenses d'honneur chez les Romains. 1863, in-8°. 4 »

WEBER (A.), professeur à l'université de Berlin. Histoire de la littérature indienne ; traduit de l'allemand par Sadous, professeur au lycée de Versailles. 1859, in-8°. 7 »

WEIL (H.) et **BENLOEW** (L.), professeur de Faculté. Théorie générale de l'Accentuation latine, suivie de recherches sur les inscriptions accentuées, et d'un examen des vues de Bopp sur l'Histoire de l'Accent, 1855, in-8°. 6 »